故事學

學校沒教，你也要會的表達力

透過故事，讓你的靈感文泉思湧。
透過故事，讓你的表達更加順暢。
透過故事，讓你的寫作打動人心。

歐陽立中 著
J.HO(胖古人) 封面繪圖

獻給女兒恩加

Michelle：

活出故事

歐陽立中

2019.12.28

推荐序

地球靜靜轉動

李洛克

歐陽立中太會說別人的故事，這次我想替他說說他自己的小故事。

二〇一七年，我跟歐陽立中一起到某文藝營講課，課間他拿出了一本故事工具書靜靜的讀，我斜眼瞄到，想說書上怎麼長草了？仔細一看，原來是他的書上至少夾了三十個小便利貼。

我嚇了一跳，跟他借書來翻了翻，書裡的行與行之間，還有上下左右的白邊，裡面滿滿都是他的歸納筆記，寫不夠的，他就在那頁貼一張便利貼持續補充。

他說，他每一本書都這樣讀。

當時他只不過一個人在那靜靜讀書，但我卻能感受到他體內有股能量正在累積，即將扭轉自己的未來、扭轉他人的生命、扭轉所有的一切。

那一年，他的身分是桌遊講師，再隔一年，他的身分變成了故事教練。而我是全世界第一個預見這件事的人。

這兩年他又多了一個「爆文製造機」的封號，靠著一篇篇文章打動人心，用寫作讓自己聲名大噪。

有人在他身上看到了爆紅的奇蹟，但我在他身上看到的只有必然的軌跡。

地球從來是安靜的轉動，卻充滿無法阻擋的力量。而我相信熱中學習的人其實擁有不亞於地球的強大力量，因為他們轉動的是自己被僵化制約的人生。

現在，這機會輪到你了！你要做的很簡單，翻開這本書讓自轉高手歐陽立中先助你一臂之力，從此你將一步步加速轉動自己的人生。

推荐序

這本書洗了我的腦

這本書千萬、千萬、千萬不能看！

為什麼？先說個故事。

有個年輕人天資聰穎，某天他遇見了一位大師。

年輕人混在一群人裡面，他深信自己是獨特的，只要他認真盯著大師，大師就會發現他的獨特。但很可惜，大師沒有看見他，因為大師看著所有的人。

幾年後，年輕人又遇見了大師，這次他拿出一款他發明的寶物，然後滔滔不絕的介紹寶物。

一般人看到的是寶物發著光，但大師就是大師，他完全不看寶物，他看見的是這位年輕人，口若懸河的他才是真的寶物。

於是大師收了年輕人為徒。

幾年後，這位年輕人成了另一位大師。

這個年輕人就是這本書的作者，他叫歐陽立中。

上面的說故事法叫「懸念法」，先把人名隱藏起來，吊讀者的胃口（詳見第一二六頁）。

至於上面提到的寶物是歐陽立中設計的桌遊，用不重要的物來帶出重要的人，這叫「借物法」（詳見第一〇七頁）。

現在他推出了這一本新書《故事學》，我非常、非常、非常的推荐。

等等，你一開始不是說千萬、千萬、千萬不能看？

怎麼現在……？

因為就像我，一不小心看了這本書，就陷入其中停不下來，才短短五百字推荐序，就忍不住用了書裡提到的「懸念法」、「借物法」、「爆點法」……

對了，我一開始先說這本書千萬、千萬、千萬不能看，就是「爆點法」（詳見第一五七頁）。

至於大師是誰？

不重要，重要的是連大師都會被這本書洗腦，你說可不可怕。

推荐序

溫老師也想擁有的能力：表達力&故事力

溫美玉

認識立中是因為他驚人的創作、教學及永遠積極正向的感染力，後來有幸親自訪問他，更被其信手拈來出色的表達力，以及強大的故事力所震撼，當下只能頻頻催他務必整理出版，讓更多人學習與受惠。

看了這本書最令我激賞的幾個特色如下：

一、每一篇引人入勝的故事案例，讓讀者先掉進美麗的世界，彷佛故事仙子就在眼前，不僅享受還能增廣見聞。

二、有意識梳理出高層次的道理，讓讀者眼睛為之一亮，原來故事還能為我所用。例如：「最厲害的故事魔術」，用隱喻故事解別人的困局。

三、梳理後的故事道理，立中不打高空，立即提供現實的經驗，讓大家只要照著練習，就能開啟一道道千斤重的石窟大門。例如：用「不快樂的河馬」輕鬆解決阿茂要不要借錢給朋友的困擾。你身旁一定也有無數個「阿茂」向你吐苦水，可是，會講故事，會用隱喻，你不必習得高難度的心理輔導諮商技巧，也能讓別人感激在心。

四、這不僅是本指導演講的書籍，還是超級實用的見證「我手寫我口」寫作經典書籍。如果我們的腦子不但整齊有序，還能判讀情況，立即遞上適合的資料上場解決問題，這歷程其實早已涵蓋寫作，只是因為一氣呵成，以為不需要組織與記錄。

一口氣讀完此書卻意猶未盡，這會是我日後個人進修及教學上非常重要的參考書籍。

自序

說故事，你需要的不是天分

歐陽立中

不知道你有沒有看過電影《三個傻瓜》？

電影中有段情節讓我印象深刻，綽號「病毒」的教授問他的學生說：「你們知道誰是第一個登上月球的太空人嗎？」學生異口同聲的回答：「阿姆斯壯！」

教授緊接著又問：「那誰是第二個登月的太空人？」

這時，學生面面相覷，一片靜默，沒有人知道答案。

於是，教授做了一個結論：「所以，人生一定要拿第一名。不然沒有人會記得誰是第二名。」

多麼現實又殘忍的結論哪！難道只有第一名才值得被看見，第二、第三，或是沒得名的，就注定被遺忘嗎？

我的人生，似乎與「第二個登月的太空人」密不可分。

從小就喜歡聽故事、說故事的我，在國小時，自告奮勇參加即席演講比賽。這比賽堪稱魔王級競賽，因為選手抽出一道題目後，只有三十分鐘可以準備，緊接著就要上臺演講，令很多人望而卻步。

參加這場比賽，我雖然也很緊張，但更壓抑不住內心的興奮。為了有出色的表現，我瘋狂練習、勤找資料、累積故事。比賽當天，更是使出渾身解數，要把這段日子以來苦練的成果全部展現。聽到臺下如雷的掌聲，我認為自己已經勝券在握。

誰知道下一位選手一開口，就讓我從剛才的喜悅中清醒過來。那位選手叫做俞均，是個女孩子，她有一頭烏黑亮麗的秀髮以及可愛的笑容。但更厲害的，是她的演講，妙語如珠，舉手投足，盡是風采。

比賽結果，俞均得到第一名，而我是第二名。在演說的舞臺上，俞均是阿姆斯壯，而我，是那名「第二個登月的太空人」。

此後，「第二個登月太空人」的命運，彷彿就是我的寫照。

國中時，我比相聲，因為我對「說、學、逗、唱」很有把握。萬萬沒想到的是，我遇到了一個對手，叫做大任。他一開口就像渾然天成的相聲演員，在他身邊，我彷彿成了山寨版。在相聲的舞臺上，大任是阿姆斯壯；而我，還是那名「第二個登月的太空人」。

高中時，我著迷辯論，因為喜歡捍衛論點、攻破對手的快感。但沒想到，我的思考速度跟不上我的嘴。所以在辯論場上，我總是替補選手，因此在辯論的舞臺上，他們是阿姆斯壯；而我，依舊是那名

「第二個登月的太空人」。

我懷疑自己只是徒勞的熱血笨蛋，毫無天分可言。

直到幾年前，我報名參加「中廣演說家擂台賽」。那是全臺最大的演說比賽，我要面對更高的規格、更強的對手。憑藉著多年累積的比賽經驗，我順利晉級決賽。

我要講些什麼才能讓人留下最好印象，爭取最好成績呢？一時間，過去「屢戰屢敗」的挫敗經驗差點就讓我打了退堂鼓，不過我很快轉念一想，把過去的經驗組成「屢敗屢戰」的熱血故事。於是，我把決賽題目定為：「做第二個登月的太空人」。比賽時，評審聽到題目先是一愣，等聽完我的演講後，馬上恍然大悟，報以如雷掌聲。

我究竟說了些什麼？

我就是說四個自己的故事：國小演說失利、國中相聲失利、高中辯論失利，但豐富的表達經驗，卻讓我考教師甄試時很順利。在演講的最後，我說了「第二個登月太空人」的故事：

大家都知道，第一個登月的太空人是阿姆斯壯。那第二個登月的太空人呢？很少人記得，那就是：巴斯・艾德林。

你或許滿臉問號，根本不知道他是誰。但其實你對他再熟悉不過了。看過動畫《玩具總動員》嗎？太空刑警巴斯光年，就是編劇用巴斯・艾德林的形象塑造出來的角色。寫到這，《玩具總動員》已經拍到第四集了，巴斯光年也陪我們走過童年，迎來盛年。

說來神奇，這一連串挫敗故事，最後竟為我贏得了演說冠軍。

故事為我開展一場豐富的旅程，我開始到處演講、寫作、出書。小時候想成為一名演說家和作家的夢想，如今夢想有了形狀，而且清晰可見。

說故事，你需要的不是天分，而是「方法」。

我把所有最實用的說故事方法，都寫進這本書了。就像武俠小說裡，你本來只是個平凡少年，誤入深谷，偶然看見壁上劍訣。於是你牢記在心，瘋狂苦練。當你出谷之時，即是發光之日！

這一趟旅程我走了二十年，我渴望用一本書的時間，讓你英雄出少年。

目錄

掌握故事靈魂 讓題材脫穎而出

運用故事手法 讓情節栩栩如生

展現故事魅力 讓演說扣人心弦

啟動故事雷達，
讓靈感源源不絕！

想要讓故事說得精采、好聽，那麼你得先學會辨別什麼是故事。

要怎麼辨別呢？

只要你擁有「故事雷達」，當一個故事具有下面五個要素時，腦中的「故事雷達」自然就會響起。

這五個要素就是：

時間：決定故事的出發點。

當你說「從前從前」，大家會知道你要說童話故事；當你說「三國時代」，大家腦海中會浮現勇猛的關羽、聰明的諸葛亮、奸詐的曹操。

所以，故事一定要有時間，聽眾才知道從哪裡出發。

地點：決定故事的場景。

當你說「一座小島上」，大家會想到《魯賓遜漂流記》，是不是主角要在小島求生？會遇到什麼野獸呢？當你說「在臺北的大街上」，大家會感受到高樓林立、車水馬龍。

地點能幫故事「造境」，讓聽眾準備享受這趟旅程。

角色：讓故事立體的關鍵。

說故事時，角色不用多，兩三個就好。迷人的故事在於角色之間的恩怨糾葛。若只有一個角色，熱鬧不起來；若太多個角色，故事很容易失焦，聽眾也記不住。

有了角色，故事才有了生命，有血有肉、有笑有淚。

情節：就是故事的邏輯，讓每件事之間有明確的「因果關係」。

如果你聽到這兩句話：「國王死了，王后死了。」時，你會以為這是兩件事，因為你不知道這句話之間的關聯為何。但如果聽到的是「國王死了，王后也因為過度傷心而死。」這就是情節了，因為國王的死，造成王后的死，兩件事之間有明確的因果關係。

所以情節就是想辦法在每件事情之間造橋，這座橋的名字就叫做「因果橋」。

對白：就是讓故事生動起來的關鍵。

有了對白，故事就會熱鬧。比方講〈龜兔賽跑〉的故事時，你可以加入像這樣的對話——

兔子嘲笑烏龜說：「烏龜呀！你爬得這麼慢，要到什麼時候才能爬到目的地？哈哈哈！」

烏龜很不服氣，回答兔子：「我雖然爬得慢，但只要堅持下去，一定能到達終點，不然，我們來比賽跑步怎麼樣？」

有了這樣的對白，故事是不是變得生動多了呢？

現學現用

米開朗基羅的大衛像

在文藝復興時期（**時間**），義大利的佛羅倫斯是有名的藝術之都（**地點**）。當時，有個非常傑出的藝術家叫做米開朗基羅（**角色**）。

有一次，他奉命雕刻一座「大衛雕像」，他努力的刻呀刻，花了很長的時間，終於把這座雕像完成了。

這時候，佛羅倫斯的市長來了（**角色**），他根本不懂藝術，卻愛挑剔，他看了看雕像說：「米開朗基羅呀！這座雕像的鼻子也太大了吧！看起來好醜，你把鼻子修小一點。」（**對白**）

圍觀的民眾聽了都啞口無言，因為這要求太無理了。但是，米開朗基羅卻沒有生氣，他微笑的說：「好！我來改。」他立刻拿起雕刻刀，敲打了起來，此時雕像的石屑紛紛落了下來（**情節**）。

過了一陣子，米開朗基羅停下了動作，問市長：「這樣如何呢？」市長於是滿意的點頭說：「好多了！」其實，米開朗基羅根本沒有做任何的修改，他只是握了一把石屑，讓石屑從手中落下來，讓市長以為真的有改。米開朗基羅聰明的不跟市長起衝突，用另一種方法，讓偉大的作品得以誕生。

這個故事是不是令人印象深刻呢？

有時間、有地點、有人物、有情節，也有對白，這就是用「故事雷達」找到的好故事。

再平凡的人也有不平凡的故事

【提問力】像記者般問對問題

雖然「故事雷達」是找到好故事的重要指標，但是好故事其實隱身在生活中，這時候，你只要學會三種能力：記者的提問力、作家的寫作力、旅人的行動力，那麼你就能從平淡無奇中把故事「挖出來」。

到底故事好不好挖呢？在美國的某間大學，教授曾出了這樣一份作業給學生：

由教授選定一個地點，學生必須在一天之內前往那裡，並隨機挑一個路人訪談，問出那名路人他目前為止「最大的煩惱」，並且把它寫成一篇五百字的故事。

很有挑戰性對吧！

其實，美國電視臺也曾做過一個節目，讓記者用飛鏢射向美國地圖，射到哪個地區就前往當地，隨機採訪路人，並將這人的故事全部播出來。

可見，每個人都有故事，只是看你有沒有把它「挖出來」。

4F提問法教你挖出好故事

到底要怎麼挖出一個人的故事呢？這時，就要運用到「4F提問法」。

事實（Facts）事實代表一個人的生活經驗，也是故事的基本核心。例如你訪問李安導演，你可以這麼問他：你從什麼時候開始拍電影呢？導演要負責哪些事情呢？

感受（Feelings）感受跟一個人的情緒和感覺有關。問完客觀事實後，你可以接著問受訪者的主觀感受。同樣以李安為例，你可以問他：你的家人支持你拍電影嗎？你當時的感受是什麼？你得到奧斯卡獎時的感受是什麼呢？

發現（Findings）每個生活經驗都會使人成長，所以你可以問受訪者，這個經驗為他帶來什麼發現。例如你可以問李安：拍完《少年PI的奇幻漂流》，你對人生有什麼新的體悟呢？你覺得現在的你和以前的你比起來，有什麼不一樣的地方嗎？

將來（Future）將來代表一個人的夢想、願景、目標、計畫，當你這麼問，就可以讓受訪者的回答聚焦於未來的方向。

你可以這麼問李安：未來還想嘗試拍攝什麼類型的電影呢？你對臺灣電影發展的期待是什麼？

4F提問法是很實用的「工具」，現在不妨就拿起紙筆，找找你身邊的故事吧！

現學現用

有問有故事

其實，比採訪更重要的，是你要對人保持好奇心，如此一來，自然就會想去傾聽他的人生故事。我曾經在坐計程車的過程中，問出一個好故事。

我問：「司機大哥，你做這一行多久了呢？」（**Facts事實**）

他告訴我：「做了三年左右。」

我接著問：「那當初怎麼會想做這行呢？」（**Facts事實**）

司機大哥給我一個意外的答案，他說：「因為不想接家業。」

原來，這位大哥他家裡是做木雕的，他的爸爸是一位木雕師傅。

我繼續問：「你從小看父親刻木雕，有沒有印象深刻的經驗呢？」

（Feelings感受）

他說：「我小時候看臺灣木雕師傅的介紹，看到其他人擅長刻龍啊鳳啊！但是看到老爸擅長的項目時，我傻住了，上面寫著『蝸牛』。」

「你那時的感覺怎麼樣呢？」（Feelings感受）

「我覺得非常丟臉，刻蝸牛感覺很遜。」

「那長大後你有發現什麼嗎？」（Findings發現）

「有哇！長大後我才知道，因為蝸牛很小，不容易雕刻，所以真正高手都刻蝸牛，原來我老爸是很厲害的。」

「那你未來有什麼特別計畫嗎？」（Future 將來）

「未來我想在三義開個民宿，然後在店裡擺放我爸的木雕，感覺一定很讚。對了，既然我爸刻的都是蝸牛，那民宿乾脆取名叫做『緩慢民宿』，也讓旅客有種放慢步調，輕鬆旅行的感覺……」

我用4F法問了幾個問題，只記得，司機大哥一路上說得好開心，把過去的種種、未來的夢想都說了一遍，你看，是不是就這麼問出一個好故事了呢？

蒲松齡捕捉的並不是鬼

【寫作力】像作家般捕捉故事

前面我們提到好故事是問出來的，所以要保持對人的好奇。那有了故事之後呢？這個故事還不算是你的，因為你會遺忘。所以，你還要像作家般捕捉故事，聽完，寫下來，才能留住好故事。

原來，鬼故事大師蒲松齡是這麼做的

你知道中國最有名的鬼故事大全是哪一本嗎？

沒錯！就是清代蒲松齡寫的《聊齋誌異》。

蒲松齡絕對是個說故事高手，在他的這本小說裡，有形形色色的鬼怪，有的很善良、有的很凶惡。像是最有名的女鬼聶小倩，她和書生以及劍客對抗黑山姥姥的故事，直到現在，還不斷被翻拍成戲劇和電影。

究竟，蒲松齡哪來這麼多有趣的故事呢？

原來，他是這麼做的：

他在熱鬧的大街上擺茶攤，免費招待經過的路人喝茶。（超好的，對吧？）

不過，要喝這杯茶之前，你必須告訴蒲松齡一個你聽過的最有趣故事。一杯茶換一個故事，蒲松齡就靠這招，大量蒐集民間故事。接著，他把其中最有趣、最離奇的故事，改寫成鬼怪小說，於是《聊齋誌異》就這麼完成了。

故事就像雲，一沒捕捉就變形

其實，真正的故事高手，他們最擅長捕捉故事化為己用。那要怎麼做呢？就靠以下三步驟，趕快學起來：

隨時記錄：我們身邊都有故事，只是你沒有刻意記錄。記住，「故事就像雲，一沒捕捉就變形。」所以你要保持隨時記錄故事的習慣。靠什麼來記錄呢？「紙筆」和「手機」。

我隨身都會帶筆記本，一聽到好故事，就會立刻記錄下來。有時手邊沒有紙筆，沒關係，立刻拿出手機，記錄在手機裡的備忘錄。不用把整個故事記得鉅細靡遺，只要記「關鍵詞」就好。

像蒲松齡的故事，我會這麼記錄：「蒲松齡、茶攤、一個故事換一杯茶。」

定期整理：記下大量故事後，你必須定期依照故事主題，用「歸類法」整理。

例如你可以把「堅持故事」歸為一類。像是「富和尚與窮和尚」、「老婆婆教會李白鐵杵磨成繡花針」、「精衛填海」等。

再來，你也可以回想自己是否曾為某件事堅持過，把它寫下來，也整理進去。這樣一來，你會發現本來零散的一百個故事，透過歸類法，變成不同的主題：有「堅持故事」、「挫敗故事」、「對手故事」、「孝順故事」、「誠實故事」等。當你要用時，馬上就可以輕鬆提取。

大量轉述：「轉述」就是把你聽到的故事講給別人聽。

作家透過文字來轉述故事，而你則可以透過任何發言的機會來練習說故事。

美國林肯總統是知名的演說高手，他其實也花了一番功夫練習。他從家裡出發，步行五十公里，只為了去法院聽律師辯護、聽傳教士說故事、聽政治人物演講。聽完之後，他回到鄉村，開始大量練習，有時講給朋友聽、有時對著廣闊的玉米田獨自練習，最後他成為史上最厲害的演說高手。

感覺到故事在你身邊流動了嗎？千萬別讓它溜走了，拿起紙筆、打開備忘錄，捕捉這些好故事吧！

見識不足讓蘇東坡踢到鐵板

【行動力】像旅人般探索世界

我們常說：「讀萬卷書，行萬里路。」別小看這句話，因為這正是說故事的八字箴言哪！

讀萬卷書很好懂，就是要透過閱讀來累積故事。那行萬里路呢？簡單來說，就是成為旅人，出門旅行。

帶著一雙好奇的眼睛，探索世界，故事往往就藏在裡面。

錯改一首詩，蘇東坡的意外之旅

蘇東坡是宋代鼎鼎有名的文人，他的詞寫得極好，詩歌、文章也都頗負盛名。但是，才氣過人的蘇東坡，也曾踢到鐵板。

有一次，蘇東坡去拜訪宰相王安石。那天，剛好王安石外出，蘇東坡就在王安石的書房等他。反正等著也是無聊，蘇東坡就東看西看。

這時，書桌上有一首王安石還沒寫完的詩，詩名叫〈殘菊〉：

「西風昨夜過園林，吹落黃花滿地金。」

蘇東坡一看，便哈哈大笑：「菊花只會在枝頭上枯萎，絕對不可能像是詩中寫的，風一吹過，滿地花瓣。虧王安石讀過那麼多書，怎麼連這點常識都不懂。」

於是，蘇東坡就提筆，直接補上兩句詩：

「秋花不比春花落，說與詩人仔細吟。」

蘇東坡補上這句「秋天的菊花不像春天的桃花會落瓣滿地」，擺明就是在糾正王安石啊！

王安石回到家看到這首詩，笑了笑，並做了個決定：把蘇東坡安排到黃州工作。

蘇東坡到黃州後，有次和朋友在花園賞菊，突然看到菊花花瓣竟隨風紛紛飄落，就像王安石詩中提到的「滿地黃金」。

這時，他才明白菊花有不落瓣和落瓣的種類，是自己見識淺薄，才會在王安石的詩上鬧笑話。

所以，像旅人般行動，眼見為憑，親身經歷，你的故事美景才會更加動人。

當個故事旅人，展開冒險旅程

知名歌手巴布．狄倫曾說：「有些人能感受雨，而其他人就只是被淋溼。」這句話說得太好了！

同樣出去旅行，有些人只是吃吃東西、拍拍照，這地方的歷史、民情、文化也沒認真去了解；但有些人則會做筆記、問導遊，渴望深刻認識這地方，那麼他拍的照片，就不只是風景，而是故事。

知名文史旅行家謝哲青走訪一百多個國家，看遍群山萬壑，壯河闊海，也曾待在印度最大的貧民窟達拉維，親身體會真正的貧乏。

他甚至為了省下機票錢，花了一年又四個月，搭船去探索世界。不是搭乘郵輪呵！而是自己跑到各國船公司、港口，鼓起勇氣詢問：「有沒有船要開呢？」「能否順道載我一程？」然後，謝哲青在船上幫忙工作，藉此換取搭船機會。

對你而言，環遊世界也許是很久以後的事了。但是旅行不分遠近，在臺灣你也可以和家人展開一趟旅行啊！

究竟要怎麼成為故事旅人呢？記好下面三個祕訣吧！

挖過去

每個景點一定都有故事，像是「九份」除了芋圓很好吃之外，你知道為什麼這裡取名為「九份」嗎？這裡過去是以什麼聞名呢？為什麼大家都說這裡是「悲情城市」呢？

你要找出景點的過去。

找話題

你也可以在父母陪同下，跟當地店家聊天，目的是找話題。比方你可以問他們：「住在這裡多久了？」「這裡過去和現在有什麼變化嗎？」「這裡讓你印象最深的事是什麼？」運用前面提到的「像記者般問問題」的技巧，不就能得到獨家故事了？

傳故事

當你結束行程回到家，你要把旅行見聞寫下來，並配上照片。謝哲青就是這麼做，所以後來他出書，寫他的旅行經歷；他演講，講他的旅行故事；上節目，談他的旅行見聞。這是最重要的一步！

接下來，故事如何精采，就看你怎麼說了。

掌握故事靈魂，
讓題材脫穎而出！

從《王者之聲》找出「故事三元素」

缺陷英雄＋超強對手＋持續奮鬥

當我們要說故事時，可以先檢視自己的故事中是否具備故事三元素。我有一個簡單的口訣，那就是「有缺陷的英雄＋超強大的對手＋持續的奮鬥」。

缺陷英雄：首先，要有一個帶點缺陷的英雄。英雄不能太完美，否則會讓聽眾覺得有距離感，不夠真實。帶點缺陷的英雄，展開的人生旅程才會精采可期。

超強對手：再來，塑造一個「超強大」的對手。對手越強大，越能激發英雄的鬥志。這個對手可以是「具體的角色」，也可以是「抽象的心魔或疾病」。

持續奮鬥：英雄之所以為英雄，就是他可能會迷惘，但永不放棄。要記住，會讓聽眾感動的，永遠是英雄奮鬥不懈的身影。

了解「好故事」具備這三大元素後，我們可以用它來分析所有聽過的故事，包含小說、歷史、傳記、電影、漫畫等，試著找出故事中的英雄、對手和奮鬥過程。

例如這部勇奪奧斯卡四項大獎，根據真人真事改編的電影《王者之聲：宣戰時刻》裡的故事三元素是什麼呢？

「缺陷英雄」是喬治六世，他從小就有嚴重的口吃，但身為王室常會有公開演說的機會，所以他找了語言治療師羅格協助治療。

「超強對手」是對於演說的畏懼，因為口吃的緣故，導致喬治六治一旦面對群眾，就會語無倫次、結結巴巴，而這結果又讓他變得更畏懼公開演說。

「持續奮鬥」是喬治六世持續不斷的接受表達訓練，情況逐漸改善。最後，在德國發動第二次世界大戰時，喬治六世克服心魔，對全英國人發表演說，聲音堅定而流暢，成功鼓舞士氣。

現學現用

你就是故事裡的英雄

現在，試著用故事三元素說一個關於你自己的故事。以我自己為例，我參加中廣舉辦的「演說家擂台賽」時，就說了這麼一個故事：

「國小時，我參加國語演說比賽，我很努力準備。但是，碰到一位非常厲害的對手，她的名字叫做俞均，她一開口演說，舉手投足，盡是風采。我不管怎麼努力，都只能看著她登頂的背影。在演說的舞臺上，她是永遠的第一名，我是萬年的第二名。」

看出來了嗎？我就是故事中的英雄，而俞均是我生命中的對手。聽眾會感動的是什麼呢？是我努力不懈鍛鍊演說的身影。雖然在這個故事中，我輸給俞均。但是在中廣「演說家擂台賽」的最後，我卻因為這個故事，得到了全臺冠軍。

這就是「故事三元素」的魅力。

你也想讓你說的故事更精采嗎？趕快找出你生命中的對手，也許你喜歡打籃球，但是個頭小，永遠打不贏隔壁班的高個子，所以你努力練習；也許你喜歡寫作，但是投稿比賽都從沒得名，而你卻堅持不放棄。

記住：那些曾讓你認輸的對手，將為你贏得最動人的故事勛章！

從《我的少女時代》掌握「故事六步驟」

故事情節就是要高低起伏

大部分的人覺得說故事很難，是因為不知道該從何說起。

事實上，所有的好故事都有相似的影子，那就是情節的起伏變化，而我把它稱為「故事六步驟」。只要掌握這六個步驟，你就可以輕鬆說個好故事。

目標：設定一個主角，並給他一個追求的目標。

阻礙：這個主角在追求目標時，遇到了什麼阻礙？阻礙越大，才越能凸顯主角對於目標的執著。

突圍：主角面對阻礙時，做了什麼努力？而這份努力就是他的突圍過程。

挫敗：即使努力了，主角還是遭到挫敗，這也考驗著他對於目標是否堅持。

轉折：因為某些原因，讓事情起了重大轉折，主角燃起一線希望。

結局：最後主角是否順利完成他的目標呢？

國內有部票房破億的國片叫做《我的少女時代》，紅極一時。你知道為什麼這部電影會這麼賣座嗎？我們用「故事六步驟」來重新理解這個故事，你就會明白情節的重要。

目標：林真心是一位平凡的女學生，喜歡校園風雲人物歐陽非凡。

阻礙：但是校花陶敏敏和歐陽非凡往來密切。

突圍：林真心和流氓學生徐太宇合作，打算拆散對方，幫助彼此追到心上人。

挫敗：林真心與徐太宇合作的過程，反而互有好感，但在此時，徐太宇突然音訊全無。

轉折：後來，林真心得知真相。原來徐太宇為了保護要送給她的劉德華立牌，被死對頭打到重傷，因而出國治療。

結局：十多年後，林真心因緣際會參加一場名為「真心愛你」的劉德華演唱會，和徐太宇意外重逢。原來，這場演唱會是徐太宇主辦的，為的是兌現學生時期對林真心的承諾：叫劉德華唱歌給她聽。林真心終於明白徐太宇對她的心意，也得到屬於自己的愛情。

這部電影說了一個讓大多數人都有共鳴的故事。

哪個女孩沒有暗戀過學校的風雲人物？哪個女孩不渴望有人默默對自己好？與其說這是林真心的故事，不如說這是屬於我們共同擁有的青春故事。

現學現用

按下故事鈕，說出你的精采人生

現在，換你試著運用「故事六步驟」，把曾經發生在你身上的事，變成一個動人的故事吧！

以我自己為例，小學時，我曾經參加校園環保小署長的競選（**目標**），但對手都非常厲害（**阻礙**），於是我努力準備「紙筆測驗」和「政見發表」（**突圍**）。

結果，我因為太緊張，紙筆測驗考差了，眼看就要輸了（**挫敗**）。後來，我盡全力準備政見發表，還設計出讓觀眾驚豔的「數來寶」，於是「政見發表」的分數名列前茅（**轉折**）。分數加總之後，雖然我仍然沒當上環保小署長，但是主任看見我的拚勁，破格讓我擔任環保小祕書，一圓我的服務夢（**結局**）。

說故事很簡單，有了「六步驟」這項法寶之後，你的人生故事就會像電影一樣精采。

現在就開始吧！你說，我們聽。

從《玩具總動員》學習「故事九句話」

活用公式變身說故事高手

皮克斯動畫你一定看過，像是《玩具總動員》、《海底總動員》、《怪獸電力公司》都感動無數觀眾。因此，要學說故事，我們就要來向皮克斯偷學他們的故事法寶。

故事設計師麥迪森曾透露：皮克斯動畫都有固定的公式，那就是「故事九句話」。

一、從前從前，有一個＿＿＿＿＿＿＿＿

主角是故事的必要元素，你設定的主角會是什麼呢？

人？動物？還是？

主角平常都過著什麼樣的生活呢？

二、每一天，他＿＿＿＿＿＿＿＿

什麼事情打亂了主角的生活？主角開始面對什麼挑戰？

三、直到有一天，＿＿＿＿＿＿＿＿

主角遇到麻煩，有沒有貴人相助，或是好事降臨，助他一臂之力？

四、幸運的是＿＿＿＿＿＿＿＿

發生什麼事讓主角雪上加霜，情況越來越糟糕？

五、不幸的是＿＿＿＿＿＿＿＿

發生什麼事讓主角化險為夷，情況逐漸好轉？

六、幸運的是＿＿＿＿＿＿＿＿

七、最後，＿＿＿＿＿＿＿＿

劇情來到最精采的地方，究竟主角有沒有克服挑戰呢？

八、從此以後，＿＿＿＿＿＿＿＿

事情結束後，主角回歸日常生活了嗎？還是開啟新的旅程？

九、這個故事告訴我們＿＿＿＿＿＿＿＿

故事背後都隱含著寓意，告訴大家你希望他們明白什麼道理？

現在，我用這「故事九句話」來說個故事，讓你感受一下這九句話的神奇魔力。

一、從前從前，有個牛仔玩具，非常受到小男孩安迪的喜愛。

二、每一天，安迪都會跟牛仔玩具一起玩，牛仔覺得非常幸福。

三、直到有一天，安迪得到新的玩具，是一個太空戰警，他非常喜愛。牛仔覺得被冷落，心裡很嫉妒。

四、幸運的是，太空戰警無意間跌出窗外，從牛仔的世界消失，也讓牛仔以為自己重拾安迪的愛。

五、不幸的是，牛仔也不小心被遺落在戶外，最後和太空戰警來到壞男孩的房間。這時牛仔發現，壞男孩是個破壞狂，喜歡拆解玩具，而他打算要炸掉太空戰警。

六、幸運的是，其他玩具早已對壞男孩不滿，牛仔為了彌補自己的過錯，決定聯合其他玩具一起教訓壞男孩，並且想辦法救出太空戰警。

七、最後，牛仔和太空戰警都成功逃出壞男孩的手掌心，其他玩具也幫助他們回到安迪的身邊。

八、從此以後，牛仔不再嫉妒太空戰警，還和他成為好夥伴，一起陪伴安迪度過快樂的童年。

九、這個故事告訴我們，嫉妒別人不會使你更富有，真誠待人才會得到滿足。

相信已經有讀者知道這個故事從哪來了？沒錯，就是皮克斯動畫《玩具總動員》。這部動畫創下皮克斯的票房奇蹟，還得到三項奧斯卡大獎，並且陸續發行續集。

現在，你學會皮克斯動畫說故事的祕訣了嗎？換你試試看！

現學現用

從長話短說開始練習

你有沒有遇到一個狀況，就是看完一本小說或是電影，想跟朋友分享時，卻不知道該怎麼說。

現在，你學會了「故事九句話」，不妨就把它用在你最近看過的小說或是電影上，並且講給家人朋友聽。適合的小說像是《哈利波特》、《夏綠蒂的網》、《湯姆歷險記》等；電影像是《海底總動員》、《怪獸電力公司》、《超人特攻隊》等。

記住，先找出故事的主角、衝突、轉折、解決、結局、寓意，接著放進「故事九句話」，練習長話短說，重點在說出故事的精華。

只要你願意，練習一次、兩次、三次之後……你會發現，說故事其實很簡單，也很有趣。

更重要的是，你距離皮克斯動畫的說故事功力，更近一步了。

從《賈伯斯傳奇》體會「英雄旅程十二步」

踏上說故事旅程創造英雄

故事要精采，最簡單的方法，就是創造英雄，因為英雄最容易得到大家的認同和敬佩。

要怎麼說一個英雄故事呢？美國神話學大師喬瑟夫・坎伯提出了「英雄旅程」的概念，大受歡迎，甚至好萊塢電影都根據這個概念來拍電影、說故事，像是《功夫熊貓》、《星際大戰》都是「英雄旅程」的故事。

只要你學會「英雄旅程十二步」，就能輕鬆踏上英雄路。

一、**平凡**：主角過著平凡生活。
二、**召喚**：主角收到冒險的召喚。
三、**拒絕**：因為某些原因拒絕召喚。
四、**導師**：在導師的引領下，接受挑戰。
五、**啟程**：主角離開平凡世界，正式啟程。
六、**敵友**：主角認識朋友，也開始遭遇敵人。
七、**考驗**：主角經考驗而成長，面對更大考驗。
八、**危機**：主角遭遇重大危機，失去重要東西。
九、**寶物**：主角得到寶物，或是特別能力。
十、**回歸**：變強後主角的主角，對決最終敵人。
十一、**重生**：主角因為旅途而改變，成為真正英雄。
十二、**領悟**：英雄結束旅程，領悟人生道理而成長。

踏出英雄旅程十二步，掌握動人故事力

說到智慧型手機，你會想到什麼？沒錯，就是蘋果電腦公司的**iPhone**手機。那你知道**iPhone**手機出自誰的創意嗎？答案就是大名鼎鼎的賈伯斯。我現在就用「英雄旅程十二步」來說說賈伯斯的精采故事給你聽。

一、平凡：賈伯斯的生母把他交給另一對夫婦領養，並供應賈伯斯一路念到大學。

二、召喚：因為鄰居是工程師，讓賈伯斯第一次見到了電腦。

三、拒絕：還在就讀大學的賈伯斯，漸漸難以適應學校生活。

四、導師：在印度流浪時，他找到修行的導師，改變他的思維。

五、啟程：賈伯斯決定休學，展開他的創業旅程。

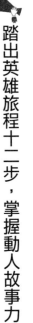

六、**敵友**：賈伯斯與好友沃茲尼克一起創辦蘋果電腦，挑戰其他電腦公司。

七、**考驗**：蘋果電腦發展迅速，但賈伯斯的獨特想法卻不被公司其他人所接受。

八、**危機**：賈伯斯被孤立，最後被迫離開自己創辦的蘋果電腦。

九、**寶物**：經過朋友鼓勵，賈伯斯創辦了NeXT和皮克斯動畫，事業再創巔峰。

十、**回歸**：蘋果電腦買下了NeXT公司，賈伯斯重回蘋果電腦。

十一、**重生**：賈伯斯打造智慧型手機iPhone系列，帶領蘋果電腦稱霸全世界。

十二、**領悟**：賈伯斯領悟，如果沒有當初的挫敗，就沒有現在成功的自己。

現學現用

把生活變成英雄旅程

其實，你的生活就是一場英雄旅程，你就是故事裡的英雄。重點在於，你知道要怎麼創造屬於自己的英雄故事嗎？

賈伯斯說：「你必須找到你愛的事物，如果沒找到，繼續找，不要停。」

首先，仔細想想，你最大的興趣是什麼？比方說你愛跳舞、彈鋼琴、組樂高積木，興趣就是對你的「召喚」。

接著，你在追逐興趣的過程中，有沒有遇到指引你的「導師」？有沒有認識鼓勵你的「朋友」？或是遭遇到什麼重大的「考驗」？

最後，這個與趣帶給你最大的「成長」是什麼？像是學會與人合作、明白練習的重要、了解專注的價值。

「英雄旅程十二步」不一定要面面俱到，旅程可長可短，你可以自由選擇和簡化，像是「召喚↓啟程↓考驗↓領悟」四步，就是簡易版的英雄旅程。

好了，英雄換你當！馬上用「英雄旅程十二步」，創造你的英雄路！

從《哈利波特》看見「故事六角色」

用圓形人物說出內心戲

故事裡的人物可以分成「扁平人物」和「圓形人物」。

注意，不是指人物的臉或頭是扁還是圓呵！

這裡的「扁平」和「圓形」指的是人物的性格。如果人物的性格從頭到尾都一樣，那就是「扁平人物」，比方《三國演義》的張飛總是暴跳如雷、曹操總是奸詐狡猾。反之，如果人物的性格是有變化的，那就是「圓形人物」。事實上，隨著成長，我們的性格和想法是會轉變的。

因此，要說個好故事，你必須是個「圓形人物」。

那要怎麼做呢？很簡單，就讓「故事六角色」在你心中輪番上陣。

美國作家卡蘿・皮爾森在《內在英雄》這本書中，提出了六種人格原型，她認為隨著成長，我們都會經歷這六個角色。

現在，就讓我借用這六個角色來幫助你說個好故事。

一、**天真者**：內心非常單純，對這世界一無所知。

二、**孤兒**：遭遇重大打擊，內心孤單不知所措。

三、**流浪者**：內心深陷矛盾，試著到處探索。

四、**戰士**：慢慢找到自己方向，內心充滿勇氣。

五、**犧牲者**：為了完成目標，不惜付出最大代價。

六、**魔法師**：因為願意犧牲，得到超乎期待的收穫。

現在回想一下你聽過的故事，有沒有哪一個故事主角的內心戲，剛好就是這「六角色」輪番上陣呢？

你想到的跟我一樣嗎？沒錯，我想到的就是J・K・羅琳的小說《哈利波特》。

我們來看看J・K・羅琳如何用「六角色」塑造經典人物「哈利波特」吧！

一、**天真者**：哈利波特的出身平凡，因為某些原因，被阿姨和姨丈收養。

二、**孤兒**：哈利波特得知父母在他小時候就過世了。而阿姨和姨丈對哈利波特並不好，表哥達力也常常欺負他，讓哈利波特感到無助。

三、**流浪者**：後來哈利波特收到魔法學校霍格華茲學院的入學通知，這才發現遺傳父母魔法師的血統，於是動身前往魔法世界。

四、戰士：哈利波特在校長鄧不利多、義父天狼星，以及朋友榮恩、妙麗的陪伴下，慢慢找回自信。同時也得知，他的父母被一個叫做佛地魔的壞巫師殺害，自己遲早也會和佛地魔一決高下。

五、犧牲者：佛地魔率領一群壞巫師攻打霍格華茲學院，要求學校交出哈利波特。哈利波特不顧大家反對，挺身而出，不幸命喪佛地魔的魔法下。

六、魔法師：沒想到，哈利波特竟然沒有死，還得到更強大的力量，最後終於成功擊敗佛地魔，讓魔法世界恢復和平。

現學現用

彩排六角色，演出你的好故事

請試著回想最近發生的事，你在面對這件事的過程中，心中分別出現哪幾個角色呢？我先用以下這個故事當例子：

小美是我最好的朋友，我們約定要當一輩子的朋友（**天真者**）。直到有一天，我不小心把小美最心愛的鉛筆盒摔壞了，她氣得不跟我說話（**孤兒**）。但是我覺得，不就是個鉛筆盒，有必要那麼生氣嗎？既然不跟我說話，那我就去找其他同學當朋友好了（**流浪者**）。回到家裡，我把這件事告訴爸爸，爸爸問我：

「如果換成是你心愛的東西被弄壞，你會不會生氣？」我點了點頭。那時，我終於明白小美的感受了，我決定要跟小美道歉（**戰士**）。我放下白尊，鼓起勇氣，跟小美說：「對不起！是我不對，我不該那麼不小心的。可以請你原諒我嗎？」（**犧牲者**）

神奇的事發生了，小美竟然原諒我了。經歷過這次事件，我們的感情變得更好了。我也終於明白，做錯事就要勇於認錯。（**魔法師**）

你的故事或許不用像哈利波特那樣曲折離奇，只要你的故事有這六個角色性格，讓他們在你心中活躍起來，那麼你的生活本身就會是一篇篇精采的故事咯！

運用故事手法，
讓情節栩栩如生！

聽過小紅帽，你還會忘記嗎？

【姓名法】把名字編到故事裡

你可能不見得經常有說故事的機會，但一定會有自我介紹的時候。還記得每次新學期重新編班後，老師總會要大家自我介紹嗎？這時，你是不是覺得緊張又不知道該怎麼辦呢？或是，你好不容易做完自我介紹，卻跟大家說得都差不多，很難讓人留下深刻印象。

千萬別小看短短的自我介紹，它決定了別人對你的第一印象，相當重要呵！

你有沒有發現，如果一次要記住全班同學的名字是很困難的，但是，如果他們變成一個又一個的姓名故事，好像就比較好記了。

為什麼呢？原因是，我們的大腦天生就喜歡故事，也記得住故事。

回想一下，小時候聽童話故事，長大後你看小說、看漫畫，現在你都還記得安徒生童話《醜小鴨》、格林童話《小紅帽》，那是因為這些全都是有趣的故事。

簡單來說，「姓名法」就是把自己的名字拆開，試著把這些字聯想成一個故事。

其中，重要的是，這個故事要能表現出你的個人特色。如果你的名字裡有些字不容易想，也可以利用「諧音」的方式來表現。

比如說，我的名字是歐陽立中，每個字之間彼此沒有關連，為了讓大家留下印象，我會這麼說：

「大家好，我叫歐陽立中，請大家想像一下，
喔（歐）！
太（陽）好大！
咦？怎麼會有一個人，還站（立）在舞臺（中）央演講呢？
那個人就是我，歐陽立中。謝謝大家。」

請問，從此以後大家看到我時，會想到什麼呢？

是不是想到一個很愛演講的人，即使太陽很大，還是堅持要站在舞臺上呢？

沒錯！這就是我想要讓各位記住的特色。

小心，別把故事醜化了

雖然「姓名法」簡單有趣，但是要注意，千萬別把故事講壞或是醜化了自己的故事，不然，如果被信以為真，反而扣分了。

想想，一個叫做「吳彥智」的人，如果這樣自我介紹：

「大家好，我叫吳彥智，請大家想像一下，
有一個無（吳）聊、
又惹人討厭（彥）的（智）障，
那就是我，吳彥智。」

天哪！那以後大家看到他，不就會一直叫他討厭鬼嗎？

來！我們幫他想想辦法，怎麼樣可以讓吳彥智的姓名故事更好呢？

那就是，往「正向積極」的方向去想。

例如，你可以這麼說：

「大家好，我叫吳彥智，請大家想像一下，

有一個無（吳）所不能，

經驗（彥）豐富的（智）多星，

那就是我，吳彥智。」

你看，是不是好很多呢？

現在，請你也開始講一個屬於你的姓名故事吧！

九把刀說要打敗金庸，那你呢？

【夢想法】把夢做大，讓人留下印象

自我介紹除了用名字編故事外，另一個讓人留下深刻印象的就是「夢想法」。

大多數人在自我介紹時都只會提到「興趣」，但興趣可以成為「志趣」，志趣能成就「夢想」。

知名小說家九把刀曾經這麼介紹自己：

「我是九把刀，三十年後打敗金庸，成為華人小說第一寫手。」

這就是「夢想法」的最佳例子。

人因夢想而偉大，當你懂得善用「夢想法」，你的自我介紹將會無比亮眼。

一般的自我介紹中，一定會提到自己的「興趣」，你可能會說「我喜歡看電影」、「我喜歡打籃球」。但當大家也都這麼講的時候，你的自我介紹就變得一點都不特別了。所以可以怎麼做？

請你先想一下，你的興趣如果持續下去會變成什麼？

對，沒錯！就是「夢想」，人因夢想而偉大。

因此，與其說你的興趣是什麼，倒不如把你的眼界拉大一點，變成介紹你的夢想是什麼。

「夢想法」有一個簡單的口訣，就是「未來↓過去↓現在」。

「未來」指的是你的「夢想」，先說出你想成為的人。
「過去」指的是你的「付出」，接著說出你如何實現這個夢想。
「現在」指的是你的「熱情」，散發熱情讓大家對你印象深刻。

因此，我會這麼介紹自己：
「大家好，我是歐陽立中。
我的夢想是成為像歐巴馬那樣有魅力演說家，因為我想要說故事影響更多人（未來）。
為了完成這個夢想，我時常閱讀、聽別人演說，也參加各種演說比賽，只要有舞臺可以演說，我一定主動爭取（過去）。
如果你對說故事有興趣，我很樂意跟你分享怎麼說個好故事（現在）。」

是的，當你先說出夢想以及敬佩的人，就能吸引大家的注意。

接著，你要告訴大家，為什麼這是你的夢想，以及你為夢想付出了多少努力。最後，你的夢想造就了你的能力，而能力是為了要幫助大家。所以，你要展現你的熱情，告訴大家若他們對你的專長有興趣，你願意和他們分享其中的樂趣和祕訣。

現學現用

讓夢想成為你的代言人

現在，我們來看看如何運用「夢想法」讓喜歡「看電影」、「打籃球」變得更酷。

「大家好，我是陳美芬，我很喜歡看電影，將來希望和魏德聖導演一樣厲害（未來）。

我每天都會關注電影資訊，每個禮拜至少要看一部電影，最喜歡的電影是

「海角七號」（**過去**）。

如果你也喜歡看電影，那一定要讓我認識你，因為我迫不及待要跟你聊電影啦（**現在**）！」

「大家好，我是劉冠瑋，我最喜歡打籃球，而我心目中的偉大球員是NBA勇士隊的史蒂芬・柯瑞，他個子不高，但靠著努力練就神準的三分球（**未來**）。

我每個禮拜一定要跟朋友去打籃球，也會利用時間練習投籃（**過去**）。

如果你對籃球有興趣，找我就對了，我們一定會成為籃球場上的好戰友（**現在**）。」

怎麼樣？這樣的自我介紹是不是比只講「我喜歡看電影」、「我喜歡打籃球」好很多呢？下次自我介紹就大方的講你追逐夢想的故事吧！

現在，你對上臺自我介紹，是不是更有信心了呢？其實，上臺說故事，說一個吸引人、感人的故事一點都不難，接下來我將告訴你，如何說更多好故事！

如果你是一輛車子，你會是什麼車？

【類比法】讓你從2D變3D

說故事有三種：說自己的故事、說別人的故事、說書中的故事。

你知道嗎？這些故事中，最簡單，也是最困難的，其實是說自己的故事。

為什麼呢？最簡單是因為這是你親身經歷過的事情，最困難則是因為你不知道該從何說起。

不相信嗎？現在來個小測驗！請你馬上說一個關於自己的故事。

好啦！我知道你現在應該是腦中一片空白。別擔心，教你一招最簡單的方法：運用「類比法」，從一輛車子說起。

什麼是類比呢？就是用一個大家都知道的東西去比喻另外一個東西，這樣做的好處是，別人可以快速理解你想表達的事情。

舉例來說，愛因斯坦發表了「相對論」，但是相對論很難，大多數人都無法理解。於是，聰明的愛因斯坦這麼說：

「如果你坐在美女旁邊一小時，會覺得像一分鐘般短暫；但如果你坐在火爐旁邊一分鐘，卻會覺得像是一小時般漫長，這就是相對論。」

所以，善用類比法，就可以把你想表達的事情，從2D變成3D（從平面變成立體）讓別人聽得更清楚，印象更深刻。

但平面還是立體跟如何說自己的故事有什麼關係呢？別急，請先回答下面這個問題：

「如果你是一輛車子，你是什麼車？為什麼？」

如果你答出來了，你的故事也就出來了。

怎麼可能？太神奇了吧！別急，我解釋給你聽。

「車子」其實就是用來類比你這個人，你會選擇這輛車子，代表你覺得這輛車子很符合你的特質。如果你選跑車，可能因為你覺得自己很積極，永遠要比別人跑在前面；如果你選腳踏車，可能因為你覺得自己很踏實，要不斷用力踩踏板才會前進。然後，再舉一個親身經歷，來說明為什麼你是這輛車子。

因此，「車子類比法」的故事公式是：

「我覺得自己像是一輛＿＿＿＿車（特質），因為我曾經＿＿＿＿（經歷）。」

現學現用

我是一輛垃圾車

皮克斯有部動畫電影叫《汽車總動員》，這部電影最特別的是，所有角色都是車子，沒有人。不過，每輛車子都有自己的個性，而且會說話，其實皮克斯所做的就是讓汽車「人性化」。

同樣的道理，把自己變成汽車，會開啟什麼故事？這就會令人感到好奇。

以我自己為例，我會這麼說：

「我覺得自己是一輛垃圾車，為什麼呢？別誤會，不是因為我不愛乾淨。其實是因為，我是一個喜歡傾聽的人，尤其當學生有心事的時候，第一個想到的，就是來找我訴苦。

有一次，有個女生和朋友吵架了，難過的找我哭訴。我聽完後，安慰並鼓勵她說，如果你珍惜這段友情，更應該主動釋出善意，把話說開。後來這個女生照做了，也成功和朋友和好。所以我這輛垃圾車，總是習慣把別人的難過帶走，因為這樣，我才能看見大家的笑容。」

順道一提，當你選擇的車子越特別，就越能引起聽眾的好奇。

你一定會想問為什麼我會選髒兮兮的垃圾車呢？但事實上，我用垃圾車說一個「傾聽並幫助別人」的故事。

你呢？會選哪一輛車子，在說故事的賽道上，急速狂飆。

找出你的最愛，點燃心中的火炬！

【熱情法】感動自己才能感動別人

很多人一聽到要上臺說話就卻步，認為生活上的事情沒什麼好說，而且可能大家都知道了。其實，只要你善用「熱情法」，那麼對聽眾來說，你說的任何事都會是新鮮事。

「熱情」是說故事最重要的元素，一旦找出引發你熱情的元素，你自然就會滔滔不絕。更厲害的是，當你發自內心熱愛這個故事，觀眾就會被你的熱情給感染，跟著你漫步在故事迴廊之中，流連忘返。

運用「熱情法」的方式很簡單，只要你能掌握以下步驟：

六十秒內想出五個引發你熱情的事物

什麼是引發熱情的事物呢？如果是物品，那麼你對它毫無抵抗力；如果是事情，你只要一開始做就會欲罷不能。因此，這個物可以是「人物」、「動物」、「食物」、「收藏」；事可以是「休閒」、「運動」、「競賽」、「才藝」等。重點在於不要想太久，請憑直覺在六十秒內寫出五個。

再從五個中圈出一個最讓你狂熱的事物

一開始請你寫五個，是要你盡情去想，這叫「發散性思考」；接下來認真挑選出一個，這叫「收斂性思考」。現在，你挑選出的這件事物，就是你故事的火炬，靠它征服全場吧！。

活用「內心戲句型」，讓故事更精采

記住，說故事時，開頭第一句最重要。這兩句「內心戲句型」，千萬要學好：

一、外放型：一說到＿＿＿＿，我的內心就雀躍無比。

例如：一說到漫畫，我的內心就雀躍無比。

這個句子會讓聽眾直接感受到你的熱情，接著你再解釋為什麼這件事會讓你雀躍無比。

二、悶騷型：我總是假裝不喜歡＿＿＿＿，但其實我超喜歡。

例如：我總是假裝不在乎小狗，但其實我超在乎。

這個句子因為有情緒的反差，所以故事的張力更強了。會讓聽眾更想知道你為什麼要假裝不在乎，背後是不是有什麼原因呢？你看，故事性就出來了。

現學現用

說個好故事，熱情永不熄

接下來我們就運用「熱情法」試著說一個「悶騷型」故事吧！

「你知道嗎？我總是假裝不喜歡唱歌，但其實我超喜歡。小時候，我最喜歡拿著麥克風，在爸爸媽媽面前高歌一曲，爸爸媽媽總會稱讚我是金曲歌王。

後來我去參加歌唱比賽，結果太緊張了，竟然在臺上忘記歌詞。我還記得，所有的人都盯著我看，看得我不知所措，只希望音樂趕快結束。從此以後，我就假裝自己不喜歡唱歌，因為想要忘記這段令人難過的回憶。

直到有一次，班上辦同樂會，抽籤決定誰要上臺表演唱歌，結果竟然抽到了我。我鼓起勇氣站上臺，拿起麥克風，很神奇的，熟悉的旋律從我口中唱了出來。『好好聽呵！』『安可！』同學的掌聲和讚美，讓我重新找回對唱歌的熱情。」

看到了嗎？「熱情」或許會因挫敗而退卻，但絕不會熄滅。當你真正找到屬於你的熱情時，你故事的火炬就點燃了。接著你所要做的就是——把火炬傳下去，讓聽眾因你的熱情而感動。

不起眼的物品也有滿滿的回憶

【借物法】最重要的小物

大部分的人在說故事時，都會把重點放在「人」，好比過去發生什麼事？認識了誰？這次我要你把重點放在「物」。

請仔細回想，在你的生命中，有沒有哪一樣東西是你最喜歡、印象最深刻的？請你先把它準備好，放在心上，讓我來告訴你，要如何用「借物法」說故事。

什麼是「借物法」呢？就是找出在你成長過程中非常重要的物件，

以它為主角，開展你和這物件之間的故事。

好比說你從小到大都要抱著入睡的娃娃，或是你曾蒐集過的貼紙，當然，也可以是親人或朋友送你的禮物。這些東西本身沒有生命，但因為你對它投入了情感，讓它承載了回憶，也因而有了溫度。

該如何「借物」呢？請你用下面的方法練習看看：

現今：偶然無意

故事的第一步，可以從現今的你開始。在一次偶然中，可能剛好在收拾房間，竟然無意中發現自己過去的一樣東西，它或許是一張相片、一個玩具、一本書。重要的是，看到它的那一瞬間，你陷入了過去的美好回憶之中。

過去：回憶故事

故事的第二步，則要回到過去，告訴聽眾你和這物品間發生了些什麼事情。

故事必須包含：「你怎麼得到它的？」「你怎麼珍惜或是使用它？」「後來它怎麼了？壞掉了？不見了？送人了？」

現今：昇華轉變

故事的第三步，你從回憶中回到現今，你要告訴聽眾，在你與這物品相處的過程中，它為你帶來什麼樣的轉變？又或者，透過這樣東西，你感受到親人或朋友什麼樣的情感？告訴聽眾，過去的你和現在的你，到底哪裡不一樣了呢？——這就是你成長的證明。

現學現用

阿媽的衛生紙

接下來，我就用「一張衛生紙」教你如何應用「借物法」。

「每當我看見桌上的抽取式衛生紙，總會讓我想起阿媽。（現今）

我是阿媽從小一手帶大的。爸媽對我比較嚴格，怕我蛀牙，不准我亂吃零食。但是你知道嗎？每次從阿媽家離開時，阿媽都會神祕兮兮的，用衛生紙包著東西塞到我的口袋裡。（過去）

我回家後打開來看，發現裡面包的都是糖果餅乾。阿媽知道我喜歡吃零食，但爸媽不准，所以用這樣的方式偷塞給我。從此以後，衛生紙成了我和阿媽之間的小祕密。

後來，阿媽年紀大，得了失憶症，連我這孫子都認不得了。我很難過，難道我們之間的祕密阿媽都不記得了嗎？我決定做一件事，我把阿媽最喜歡吃的雪花糕包在衛生紙裡，然後放到阿媽手上。突然，阿媽好像想起了什麼，她的眼淚一直流，而我也是。

或許，對大家而言，一張衛生紙並不起眼，但是對我而言，它是我和阿媽之間最動人的回憶。我有時在想，也許未來，我當爺爺的時候，也會把這個祕密繼續傳下去吧！」（現今）

很動人的故事，對吧！其實，這個故事是改編自衛生紙的微電影廣告。這部微電影就是運用「借物法」來說故事，衛生紙象徵祖孫情，觀眾看完都是一把鼻涕、一把眼淚，從此衛生紙對你而言就有了不同的意義。

是不是很有意思呢？趕快找出你生命中「最重要的小物」吧！我已經迫不及待想要聽聽你的故事了。

把你的獨特想法傳達出去

【信念法】過去造就現在的你

「信念」指的是「深信不疑的想法」。通常，你不知道該說什麼故事時，我會請你回頭想想，自己有沒有什麼特別的習慣呢？像是一定要穿白色的鞋子，或是一定要把作業寫完才出去玩等。

這些習慣，代表的就是你深信不疑的想法，久而久之，也就形成你的信念。而好故事，往往就在信念裡。

什麼是「信念法」呢？就是找出你獨特的信念，然後仔細回想，為什麼你會有這個信念呢？它是怎麼形成的呢？好比說，你的信念是作品一定要自己完成，絕對不要靠別人幫忙。因為有一次，書法作業來不及寫完，媽媽幫忙寫。因為寫得太好，老師決定派你代表班上參加書法比賽，但那根本不是你寫的，最後在比賽中出糗。從此，你決定凡事要靠自己完成，才不會重蹈覆轍。

這就是一個好的「信念故事」範例。那到底該怎麼做呢？現在就來試試「信念故事的ABC魔法」：

A：**遭遇事件**（Activity event）

請你回想過去發生的事，有沒有什麼事情讓你印象深刻？而你所遭遇的這件事，澈底影響你的想法或行為，請你把這件事描述出來。

B：形成信念（Belief）

生活中，有沒有什麼你特別堅持的想法或習慣，這背後代表的就是你的信念。而這個信念，是讓你的生活過得更好，還是過得更累呢？

C：現在結果（Consequence）

過去造就現在的你，仔細回想一下，現在的你有沒有什麼特別的習慣或行為？

現在的果，來自於過去的因，而這就是我們故事的靈感。

先把你的ABC列出來。接著，說故事時，你可以自由決定ABC的順序。像是你可以說一個「C—A—B」（結果—事件—信念）結構的故事；也可以講一個「B—A—C」（信念—事件—結果）結構的故事。

現學現用

火星文演講稿

接下來，我就用「信念法」說個故事給你聽。

「每當老師問有沒有人要上臺發言時，我永遠都是第一個舉手。朋友總問我怎麼有勇氣上臺？其實，這背後是有段故事的。（C：結果）

媽媽從小就告訴我，表達非常重要，若學校有演講比賽，要我一定得努力爭取參加。後來，學校舉辦演說比賽，老師問有沒有人要參加時，我想起媽媽的話，立刻舉手爭取。報名表交出去後，我才發現這是一場『閩南語演說比賽』，而我根本不會講閩南語。更慘的是，比賽就在三天後。我急得要命，爸媽趕快幫我惡補，教我說閩南語，陪我寫演講稿。稿子是寫出來了，但我因為不會說閩南語，根本記不起來。最後，我爸靈機一動，直接在稿子上寫上ㄅㄆㄇ，於是，我帶著這份『火星文』演講稿上場了。你可以想像，評審的臉有多困惑，彷彿看見一個火星人在演講，聽都聽不懂。當然，最後我沒有得名。神奇的是，因為最糗的演說都經歷過了，從此之後，我再也不怕上臺表達了。（A：事件）

因為，那次事件後，我有了一個堅定信念，那就是：『最糗的都經歷過了，人生還有什麼好怕的呢？』每當想到這句話，我的勇氣就源源不絕了。」（B：信念）

很精采吧！這是我讀小學時的真實故事，當你帶著信念說故事，就會特別的投入，因為信念背後，是你最深刻的體驗。而我們要做的，就是把故事召喚出來，重現在聽眾眼前。

《美女還是老虎》你會怎麼選

【兩難法】就是要你聽到揪心

請仔細回想一下，一天的生活中，你總共做了多少選擇？

「要走路去學校，還是騎腳踏車去？」

「假日要跟家人去看電影，還是跟朋友去打球？」

「兩種飲料感覺都很好喝，要喝珍奶，還是水果茶？」

你看，只要有選擇，你就會陷入糾結，因為你勢必得取捨，得放棄一個。從說故事的角度來看，這就是「兩難」，越讓你難以選擇，這個故事就越深刻。

先說個故事給你聽，聽完後，說說你的選擇。

「有個國王發現公主竟然和平民談戀愛，他非常生氣，於是想出一個辦法。他下令把那年輕人帶到競技場，這競技場只有兩扇門。一扇，門後是凶惡的老虎；另一扇，門後是國內最美麗的宮女。當然，年輕人看不到門後是什麼。

國王要年輕人選擇其中一扇門，如果選到老虎，他就必死無疑；如果選到宮女，他可以逃出生天，還能抱得美人歸。只有一半的機會可以活下來，但是年輕人不知道該怎麼選。這時，他看見公主也坐在觀眾席上。年輕人像在大海中撈到浮木般，看向公主，希望得到公主的暗示。

公主內心萬分掙扎，她當然希望年輕人活下來，但是，如果指了美女那扇門，國王就會讓年輕人和美女結婚，公主就會失去愛情；如果指向老虎那扇門，年輕人就會在她面前被老虎四分五裂，公主就會失去愛人。最後，公主做了一個決定，她把手輕輕的指向右邊。門，終於開了，走出來的是……？」

到底門後走出來的是什麼？不好意思，故事就到這裡。

這個故事叫《美女還是老虎》，是小說家史達柯頓的作品。故事是開放性結局，交給讀者自己想像。這個故事之所以吸引人，就在於「兩難」的設計。

沒有最好的答案，只有最揪心的選擇

兩難故事基本上包含三個重要步驟：兩難、掙扎、抉擇。

兩難

你要告訴聽眾，你面對怎樣的兩難情境中。重點在於，不管選哪一個都會有遺憾。

掙扎

接著，你要表達內心的掙扎，就像前面故事中，公主不知道該指向美女，還是老虎那扇門一樣。

抉擇

最後，你必須告訴大家你的抉擇，包括你為什麼這樣選，以及選擇後的結果是什麼。

現學現用

選友情，還是愛情呢？

接下來，我們就運用這三個步驟，來試著說個故事。

「阿中，這星期天我們要參加三對三籃球比賽，不要忘記咯！」我的死黨阿哲再次提醒我。我說：「當然，這次籃球比賽，我們一定要奪冠。」我和阿哲是籃球場上的最佳拍檔，這場球賽對我們來說很重要。

放學後，我正準備回家。這時，隔壁班的嘉嘉叫住我：「阿中，這星期天是我的生日，你有空嗎？我想邀請你參加我的生日派對。」（**兩難**）

天哪！我該怎麼辦？嘉嘉是我心儀很久的女生，她竟然邀請我參加活動，我超想去的呀！可是，我已經答應阿哲要打籃球比賽了，如果食言，阿哲一定會很失望的。（掙扎）

最後，我告訴嘉嘉：「嘉嘉，謝謝你邀請我，我真的很想去。只是，那天我有一場很重要的球賽，如果失約，我會對不起朋友。所以，你的派對我沒辦法去了，真的很不好意思。」我不知道自己哪來的勇氣說出這串話，嘉嘉只是笑著說沒關係，就離開了。（抉擇）

比賽那天，豔陽高照，對手很強，我和阿哲陷入苦戰。我們還落後一分，幸好對手犯規，有了罰球機會。只要罰進，就能追平；沒進，就幾乎輸了。站上罰球線時，我突然聽到一聲：「阿中，加油！」我往場邊看去，竟然是嘉嘉，她不是有生日派對嗎？怎麼會來看我們比賽呢？神奇的是，我頓時充滿自信。球出手，在空中劃下完美的弧線……

生活中充滿各式各樣的兩難選擇。但別忘了，運用故事思維，把你所有的兩難都封裝成精采的故事。越糾結，越深刻。

《一千零一夜》史上最長的懸念故事

【懸念法】讓好奇心飛一會兒

從小到大，你一定聽過許多偉人的故事，回想一下，這些故事是怎麼說的呢？「一八〇九年，亞伯拉罕・林肯出身在一個農村家庭。小時候，家裡很窮，他沒機會上學……」這個故事吸引人嗎？一點也不。

相信我，如果把故事重新編排一下，留下懸念，故事就會瞬間精采。

在幫偉人故事「變身」前，先說個故事給你聽：

「阿拉伯有個國王，他發現王后竟然愛上別人，憤怒之下，便下令處死王后。從此，國王覺得全天下的女人都是騙子。於是，他決定做一件殘忍的事：每天娶一個新娘，然後隔天早上就把新娘殺掉。負責到處找新娘的大臣，到後來真的找不到『一日新娘』了。大臣的女兒看見父親這麼苦惱，自告奮勇要當國王的新娘。

國王娶了大臣的女兒，當天夜晚準備睡覺時，大臣女兒告訴國王：『親愛的，我說個故事給你聽吧！』國王覺得新奇，就答應了。於是王后開始說起故事：『從前從前，有個樵夫叫阿里巴巴，有天砍柴時，他發現強盜的藏寶洞穴……』國王聽得津津有味，但講到精采處，王后卻說她累了，隔天再說。

隔天早上，國王因為故事還沒聽完，捨不得殺王后，就讓王后繼續為他說故事。於是，每到夜晚，王后總會告訴國王一個又一個有趣的故事。直到第一千零一個夜晚，王后告訴國王：『沒有故事了，你殺了我吧！』這時，國王看著眼前的王后，回想起這三年來的點點滴滴。最後，他發現自己愛上了王后，於是取消了殘忍的規定，兩人從此過著幸福快樂的日子。」

這位王后說的故事，就是阿拉伯口耳相傳的《一千零一夜》。

你看，王后利用故事的「懸念」救了自己，也救贖了憤怒的國王。

努力吊聽眾的胃口

說白了，懸念就是「懸而未決的答案」。擅長說故事的人，會在故事中設計懸念，讓聽眾產生好奇，不知不覺的想繼續聽下去。到底該怎麼設計懸念呢？以下就是我想跟大家分享的絕招：

懸置問題

在故事開始之前，先問聽眾一個問題，讓他們想破頭，而你的故事就是解方。舉例來說：

「你們知道動保人士為什麼要在小海豹身上噴漆嗎？為了好看？不是。為了新奇？不是。大家想想，為什麼盜獵者要獵捕海豹？因為他們想要用海豹皮來做大衣。所以，動保人士靈機一動，發現要保護小海豹最好的方式不是守在牠們身邊，而是在牠們身上噴漆。盜獵者發現海豹皮不漂亮了，自然就打消了獵捕海豹的念頭。」

你看，藉由懸置問題，拉高聽眾的好奇心，最後再用你的故事滿足他們。

懸置人名

記住，說「人物故事」時，除非你想把故事講得很無聊，否則千萬別把這人的生平從頭說到尾。首先，請你找出人物的「關鍵轉折」故事；再來，別一開始就告訴聽眾他是誰，等故事講完時再揭曉答案。舉例來說：

「美國有個年輕人，由於家境貧窮，他開始做起了渡船的生意。但是因為搶了別人的生意，所以被打了一頓，更糟的是，還因為沒有肯塔基州的渡船特許權被告進法院。當法官正要判年輕人罰款時，年輕人說話了：『法官大人，對方控告我是根據肯塔基州的法律，但其實我是從印第安那州的河邊，把客人載到河中央的輪船上，我並沒有進入肯塔基州哇！因此控告不該成立。』法官被年輕人清晰的邏輯給震撼了，最後判決無罪。後來，法官很欣賞年輕人，要他跟著自己學習法律。這位年輕人也沒辜負法官的期望，長大後透過法律伸張正義，成為美國史上最偉大的人物之一，你知道他是誰嗎？

各位，他的名字叫做亞伯拉罕‧林肯，美國的第十六任總統。」

回想一下，你剛剛聽故事的感覺。一開始你會好奇這個年輕人到底是誰，可是我並沒有告訴你。直到最後，我才告訴你他就是鼎鼎有名的林肯，這時，你會發出「哦！」的驚嘆聲，這就是懸念的力量。

現在，就試著找個小故事，然後加點「懸念」。記著，別急著告訴聽眾答案，讓他們的好奇心再飛一會兒。然後，他們就會深深被你的故事給黏住了。

路不同，風景也就不同

【兩路法】你會走哪條路呢？

美國詩人佛洛斯特曾說：「林中有兩條岔路，我選了人跡罕至的那條，而一切從此不同。」

這句話說得太棒了！想像一下，如果你是那個旅人，猶豫要走哪一條路，這樣的故事叫做「兩難法」；但如果你是跟朋友一起旅行，你選擇了很少人走的那條路，而你朋友選擇很多人走的那條路。最後，你們各自會得到什麼結果呢？這樣的故事，就是我說的「兩路法」。

「兩路法」的技巧非常實用，尤其當你想要傳達某個道理給聽眾時，千萬不要直接講道理，試著先用「兩路法」來說故事。故事的步驟如下：

設定兩個角色

你要先設定兩個角色，重要的是，他們性格相反。可能一個熱情、一個冷漠；一個勤奮、一個懶惰；一個勇敢、一個膽小。

一件事兩條路

兩個角色面對同一件事，因為性格不同，導致他們想法和決定也不同。於是他們各自走上自己選擇的那條路。

結果和寓意

最後，你要告訴聽眾，這兩個角色的結果是什麼。是成功？還是失敗？並且從故事中帶出寓意，告訴聽眾這個「兩路法」故事，讓我們學會什麼道理。

曾經有個故事是這樣說的：從前有兩個和尚，一個和尚很富有，另一個和尚很貧窮。有一天，窮和尚對富和尚說：「我想要去南海取經，要不要一起去呢？」富和尚一聽，立刻澆了一盆冷水說：「別鬧了！這幾年來，我一直想買一艘船去南海，都沒能成功。你是要靠什麼去南海呢？」窮和尚堅定的說：「我就憑著一雙腿和一個缽，就足夠了。」富和尚聽完哈哈大笑，窮和尚就在這陣嘲笑聲中出發了。兩年後，窮和尚成功從南海取經回來了。富和尚大驚失色，連忙問：「你是怎麼辦到的？」窮和尚說：「我一路化緣，四處借宿。需要搭船時，我請求船家幫忙。但是這些都不是最重要的。」窮和尚說到這裡，停了一下，接著說道：「最重要的是，我採取行動，而不是等待。」富和尚聽完，滿臉羞愧。

你知道這個故事想要表達什麼道理嗎？沒錯，就是「坐而言不如起而行。」

現學現用

麥當勞的創業故事

你一定吃過麥當勞，那你知道麥當勞的創立者是誰嗎？你說是麥當勞，嗯，只對了一半，那另一半呢？別急，我用「兩路法」說個故事給你聽。

一九五五年，有個奶昔機的銷售員，銷售狀況不是很好。有一天，突然有間漢堡餐廳一口氣跟他訂了八臺奶昔機。他太驚訝了，連忙過去拜訪，原來這間漢堡餐廳是由麥當勞兄弟開的，他們獨創速食的生產線，不僅東西好吃，而且出餐速度快，因此生意非常好。這名銷售員立刻提議，讓這間餐廳發展成連鎖店，一定會紅遍美國。但是麥當勞兄弟很保守，不希望餐廳過度擴張。不過在銷售員努力的說服下，最後答應硬著頭皮試試看。

這位銷售員很積極，到美國各州談生意，說服大家加盟麥當勞。同時，也引進新設備，開發新餐點，麥當勞的生意越來越好。但是，反觀麥當勞兄弟，他們只願意守著創始店，對於銷售員的新點子也常常持反對意見。漸漸的，銷售員把麥當勞的生意越做越大，客戶也追隨他，麥當勞兄弟慢慢失去主導權。

最後，銷售員決定把餐廳的經營權從麥當勞兄弟手中買下來，麥當勞兄弟就這樣失去了自己的餐廳。這個銷售員搖身一變，成為麥當勞的大老闆，他的名字叫做雷・克羅克，是全世界最有影響力的企業家之一。

從這個故事中，你看到了什麼呢？麥當勞兄弟選擇「安穩」的這條路，而克羅克選擇「冒險」這條路。最後，克羅克的冒險精神讓他贏得了全世界。

這就是「兩路法」的故事魅力。從現在起，請用故事的眼光看世界。

你有沒有跟朋友做不同決定的時候呢?結果如何?趕快用「兩路法」試試，說個故事給我們聽。

運用相聲手法抖包袱

【幽默法】逗笑你們我就贏

故事要說得有趣，有一個重要關鍵，那就是「幽默」。

什麼是幽默呢？這個詞其實是林語堂從英文「humour」音譯而來，指的是讓人感到好笑、滑稽的言行。

幽默的人總是妙語如珠，深受大家歡迎。很多人覺得幽默是天生的，學不來。其實，幽默是有公式的，學會了你就能征服全場。

知名主持人吳宗憲有次在節目中訪問十字弓世界冠軍，他信手拈來說了個故事：

「有三個弓箭手，他們在比賽，看誰是真正的神箭手。於是，他們請一個人手拿蘋果放頭上，看誰能射中蘋果。

第一個弓箭手來自歐洲，咻的一箭，射中蘋果。那人問他：『Who are you？』他回答：『I am 羅賓漢！』

第二個弓箭手來自中國，咻的一箭，射穿蘋果。那人問他：『Who are you？』他回答：『I am 后羿！』

第三個弓箭手來自日本，他也不干示弱，咻的一箭就射出去了，沒想到竟然射中拿蘋果的人。

那人氣的問：『Who are you？』

日本弓箭手回答：『I am sorry.』

吳宗憲說完，全場大笑。」

你看，幽默的人，總知道在最合適的時機說故事來炒熱氣氛。

這個故事，基本上就包含了幽默的重要公式，那就是——

「裝包袱」+「解包袱」+「抖包袱」

「包袱」這個詞來自相聲，指的是裝滿笑點的故事。故事要讓人家覺得好笑，必須要有耐心，先鋪陳，再引爆。

裝包袱

裝包袱就是「鋪陳」，把故事人物、背景、行為先交代清楚，把笑點偷偷裝進你的包袱中，不疾不徐。

例如故事中先交代三個弓箭手比射箭，前兩個弓箭手都命中蘋果，這就是裝包袱，並不好笑，卻是為了鋪陳後面的笑點。

解包袱

解包袱就是「衝突」，故事中人物遇到衝突，情況危急。此時也是聽眾最聚精會神的時候，因為他們很想知道該怎麼辦。例如日本弓箭手射中人，聽眾大吃一驚，這就是解包袱。

抖包袱

抖包袱就是「轉彎」，指人物面對衝突的反應，轉了個彎，打破聽眾預期，藉此把笑點全抖了出來。例如日本弓箭手射到人後，人家問他是誰，他回「I am sorry.」打破了聽眾的預期，贏得笑聲。

現學現用

在生活日常中練幽默

「幽默法」要怎麼練呢？有兩個方式：第一，每天找一則笑話，看完後說給家人或朋友聽，從說笑話練幽默感。第二，在日常生活中，遇到任何事，都想想看能不能幽默回應。舉例來說：

有吃過雷根糖嗎？雷根糖其實是來自美國總統雷根，因為他很喜歡吃Jelly Belly公司出產的糖果。（**裝包袱**）

有一次，美國總統雷根在演講時，他的太太沒有坐好，竟然跌坐在地上。你看，這狀況多尷尬呀！大家捏了一把冷汗，想說這下慘了，太不給總統面子了。

（**解包袱**）

沒想到，雷根連忙過去將太太扶起來，面帶微笑跟她說：「親愛的，我們不是說好了，如果我的演講太無聊，聽眾聽到睡著，再使出跌倒這一招嗎？怎麼現在就用出來了？」雷根一說完，全場聽眾掌聲如雷，哈哈大笑。雷根用幽默幫太太解圍，也化解了尷尬。（**抖包袱**）

從現在起，開始培養你的幽默感吧！聽到好笑的話就趕緊記起來、講出來。講久了，你會發現，你的笑點包袱隨時都是滿的，等你一解、一抖，聽眾的笑聲就像海浪般不斷襲來。

連愛因斯坦也能夠說服

【說服法】故事，就是你的許願池

看了這麼多說故事的方法，你也許有個疑問，我又沒要參加演說比賽，學說故事要幹麼呢？

其實，學說故事最重要的不是參加演說比賽，而是用故事來許願，讓你的願望都成真。所以，你要再多學一招，就是用故事說服別人，達成你的願望。

你知道愛因斯坦吧！他是提出「相對論」的偉大科學家。其實，愛因斯坦小時候調皮搗蛋，成績也不好。他媽媽總是對他說：「愛因斯坦，你要認真讀書哇！你不讀書，將來就會找不到好工作。」

如果你是愛因斯坦，你會乖乖聽老媽的話嗎？不會！因為這是「說教」，沒有人喜歡聽說教，愛因斯坦跟你一樣。

結果，他回媽媽說：「我們學校裡的小朋友都愛玩，包括我們班考第一名的比爾也是，所以為什麼我不能玩？」媽媽聽完簡直要氣炸了，但也不知該如何是好。

不過，愛因斯坦的老爸是個說故事高手。有天下午，他爸爸找到在河邊玩耍的愛因斯坦，給他講了個故事：

「有一次，傑克和希爾去清掃一個大煙囪，這煙囪必須踩著階梯才能上去。傑克走在前面，希爾走在後面，打掃完後，他們爬了出來。這時，希爾看到傑克臉上全是煙灰，認為自己一定也會跟他一樣髒兮兮的，就趕快跑到河邊去洗臉。

可是傑克呢？他看到希爾臉上乾乾淨淨，就以為自己也跟希爾一樣，所以他臉都沒洗就回去了。最後，傑克走在路上，大家看到他黑漆漆的臉，都笑了出來。只有傑克還搞不清楚發生了什麼事。」

愛因斯坦聽完這個故事，哈哈大笑。但是，他爸爸緊接著說：

「孩子，這個故事告訴我們什麼？誰也不能做你的鏡子，只有自己才是自己的鏡子。你用比爾的愛玩當作鏡子，不也跟希爾一樣嗎？」

愛因斯坦一驚，突然明白爸爸的用意。從此之後，愛因斯坦決心用功讀書。

「故事說服法」的魔幻方程式

愛因斯坦的老爸就是用了「說服法」，透過故事情節，帶出深刻寓意，發揮故事的說服力。

那麼，我們要怎麼運用「說服法」呢？其實，它有一個方程式，那就是：

「說服標靶」＋「連結故事」＋「偷渡寓意」

說服標靶

回想一下，在你的生活中，有沒有非常想要達成的願望，為了完成這個願望，你必須要說服誰？因此，說服他接受你的想法，就是設定「說服標靶」。

舉例來說，你希望媽媽買一組樂高積木給你，「說服標靶」就是「讓媽媽願意買樂高積木給我」。

連結故事

接著，你的故事就要像弓箭，瞄準這個標靶。

你必須去想，什麼樣的故事是父母親買了兒女想要的東西，最後皆大歡喜的呢？有了！

「有個男孩想要攝影，求他媽媽買了一臺攝影機給他，媽媽答應了。男孩用這攝影機不斷拍影片，越拍越好。有一次，因為要拍恐怖片，需要恐怖的效果。男孩媽媽竟然用壓力鍋悶煮三十罐櫻桃，讓它爆開來，整個廚房看起來血淋淋。男孩感動萬分，更認真拍影片。長大後，男孩成了國際知名大導演，他的名字是史蒂芬・史匹柏。他拍出來的經典電影有《侏羅紀公園》、《辛德勒的名單》等。」

偷渡寓意

最後，你要留點時間讓對方回味故事，再「偷渡」你想讓他知道的寓意。例如，你可以這麼說：「媽媽，我知道樂高不便宜，也是要花你們賺來的辛苦錢。我想說的是，樂高對於我，就像是攝影機對於史蒂芬・史匹柏一樣，在玩樂高的同時，它會激發我更多創意。說不定，哪天我會成為樂高大師呵！到時候，我一定要告訴大家，謝謝媽媽當年願意不惜成本，才會有今天的我。」

學會「說故事」非常棒，但是學會「用故事」更重要！

隨時收集你讀到的好故事，並將故事應用在你的生活中，試著用故事說服別人。你會發現，故事，其實就是你的許願池，有求必應。

跟馬雲學這招

【顛覆法】我不是唱反調，只是換個說法講道理

從小到大，你一定聽過很多格言，像是「天才是百分之九十九的努力加一分的靈感」、「機會是留給準備好的人」、「失敗為成功之母」。不過，如果在演說時講出這些格言，雖然聽起來很有道理，但聽眾恐怕會都面無表情。不是你講得不好，而是這對聽眾而言已經是老生常談了。所以，要試試「顛覆法」。

知名企業家馬雲有一場經典演說，他的開頭是這麼說的：

「很多人都記得愛迪生說的那句話吧：『天才就是百分之九十九的努力加上一分的靈感。』並且被這句話誤導了一生。勤勤懇懇的奮鬥，最終卻碌碌無為。其實愛迪生是因為懶得想他成功的真正原因，所以就編了這句話來誤導我們。」

話一說完，全場一陣譁然。怎麼可能呢？愛迪生這句話我們從小聽到大呀！怎麼可能有錯。

你看，馬雲用「顛覆法」成功吸引聽眾的注意。

但是，如果你只是為了顛覆而顛覆，那就只是唱反調，無法達到用故事說服別人的目的。

所以馬雲接著用故事來證明道理：「世界上最富有的人，比爾蓋茲，他是個程式設計師，他懶得記那些複雜的程式指令，於是他就編了個圖形的介面程序，叫什麼來著？我忘了，懶得記這些東西。於是全世界的電腦都長著相同的臉，而他也成了世界首富。」馬雲說到這，聽眾突然好像明白了什麼，陷入沉思。

「世界上最厲害的餐飲企業——麥當勞。他的老闆也是懶得出奇，懶得學習法國大餐的精美，懶得掌握中餐的複雜技巧。弄兩片麵包夾塊牛肉就賣，結果全世界都能看到那個M的標誌。」馬雲繼續滔滔不絕的說故事，證明他的「懶人理論」。觀眾慢慢被說服了，點頭如搗蒜。

最後，馬雲做了個結論：「世界會進步都是拜懶人所賜。但是，懶不是傻懶，如果你想少幹，就要想出懶的方法。要懶出風格，懶出境界。」話一說完，如雷的掌聲排山倒海而來，因為這是聽眾這輩子聽過最獨特的演說。

先顛覆，再論證

仔細想想馬雲的演講，他真的要你偷懶不努力嗎？不是，他真正想表達的是：「比努力更重要的是找對方法。」那要怎麼使用「顛覆法」來演說呢？試試以下的神奇步驟。

首先，引眾說：「有一句格言是這麼說的……」

先引一句大家聽過的格言出來，作為顛覆的對象。

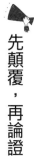

例如：「機會是留給準備好的人。」

再來，破格言：「但我不這麼認為，應該這麼說才對……」

接著要打破聽眾的認知，點出格言的問題，重新立論。

例如：「我不認為機會是留給準備好的人，應該這麼說才對，機會是留給主動出擊的人。」

接著，提證明：「有一個故事是這樣的……」

然後你必須為你的新論點提出證明，最好的方式就是說故事。

例如：「知名女演員安海瑟薇，想爭取在李安的電影《斷背山》中演出，李安問她會不會騎馬，安海瑟薇回答會，最後成為女主角。時隔多年後，人家問起她這件事，她才透露，其實當時自己根本不會騎馬。但是，她父母從小就教她，當別人問你會不會，先回答會，爭取機會，再趕快努力學會。」

最後，做結論：「所以，我認為……」

最後，再次重申你的論點，做出結論，讓聽眾烙印在心。

例如：「所以，我認為，機會不是留給準備好的人，而是留給主動出擊的人。」

上面的例子，其實是我當年參加「中廣演說家擂台賽」的演說題目，結果，這場演說震撼全場，因為他們沒聽過這麼獨特的觀點，我也靠著這題目進入最後總決賽。

記住，不想要老生常談，就要善用「顛覆法」——顛覆法不是唱反調，而是換個說法講道理。

學蔡康永拉高收視率

【爆點法】給我爆點，其餘免談

「從前從前，在一個遙遠的國家，住著一位公主……」這個故事開場你一定不陌生，就是童話故事嘛！不過，回想一下，通常你是在什麼情況下聽童話故事呢？通常是小時候媽媽為了哄你睡覺，在床邊講故事。倘若你站在臺上，還是用這套方式說故事，那麼就只會換來聽眾的呵欠連連。因此，你需要學會「爆點法」。

知名主持人蔡康永，有次在節目中要介紹畫家常玉。如果是你，你會怎麼介紹呢？

「今天我們要來介紹畫家常玉，他年輕的時候去了巴黎學畫畫，後來……」但是，觀眾並不認識常玉呀！當你用盡全力講完常玉的故事，觀眾早就轉換頻道看其他節目了。

蔡康永怎麼做呢？

他手上拿著一本書，告訴觀眾：「我手上這本書，大概只比滑鼠墊大一點點。但是你知道嗎？這麼小的尺寸，如果是常玉的油畫，現在就可以賣到三百萬。常玉是如何一步步成為知名畫家的呢？接下來的節目將為你介紹他的故事。」結果，這集的收視率，出乎意料的好。

蔡康永到底用了什麼魔法呢？其實他用的就是「爆點法」。

先給爆點，再說原因

說故事的最高境界，是你一開口，就能讓聽眾屏氣凝神，這很難，但不是做不到，善用「爆點法」就能有這樣的神效。

爆點：所謂「爆點」，就是給聽眾一個具有衝擊性的畫面或情節，在他們腦中掀起滔天巨浪，顛覆他們以往聽故事的經驗。

像是蔡康永直接用書的大小比照常玉的畫，告訴觀眾他的畫有多值錢，這就是爆點，會讓觀眾情不自禁的想聽下去。

節點：所謂「節點」，就是在吸引聽眾目光後，你要告訴他們前因後果，以及故事的細節。

像是蔡康永介紹常玉的生平：赴法留學、定居巴黎、號稱「東方馬諦斯」。這些都是節點，幫助聽眾補足故事細節。

重點：所謂「重點」，就是總結故事，帶給聽眾啟發、感動或共鳴。

以畫家常玉的故事為例，他有一幅畫叫做「孤獨的象」，畫上有一隻大象在沙漠裡行走，就快要被一片黃沙吞噬。透過這幅畫，常玉想告訴我們，生命渺小而短暫。他的晚年潦倒窮苦，但沒想到，他死後，畫作卻成為傳奇，繼續活在人們的心中。

現學現用

平凡「計程車司機」也能吸睛

「爆點法」不難，平常可以多多練習。

該怎麼做呢？很簡單，找一部電影來看，看完後，用「爆點法」重組電影，在三分鐘之內說完故事。像是電影《我只是個計程車司機》你可以這樣說：

「有一部計程車在山路上狂飆，好幾輛車子緊追在後，情況十分的危急。（爆點）

原來，車子裡的乘客是德國記者辛茲彼得。他得知南韓光州被軍政府全面封鎖，人民死傷慘重，決定冒著生命危險來採訪，希望把真相公諸於世。當然，這是非常危險的行動。幸好，他遇見一位叫做金四福的韓國司機，開著一輛計程車，幫助他躲避軍方的追捕。（**節點**）

最後，他們順利擺脫軍方，平安抵達機場，辛茲彼得把光州事件報導出去，成功的讓全世界關注南韓的政治問題，最後促成南韓民主化的轉型。金四福或許只是個小人物，但是他靠著勇氣，卻扭轉了南韓的命運。所以，千萬別小看自己，堅持信念，勇敢向前，我們都能成就更好的未來。（**重點**）」

你看，有了「爆點法」，是不是故事怎麼說都精采呢？

比爾蓋茲帶來的體驗衝擊

【體驗法】讓聽眾一輩子記住你

有句話是這麼說的：「故事，是人與人之間的最短距離。」基本上這句話說得沒錯。只是有時，你故事講得慷慨激昂，道理說得有理有據，聽眾也許記得了故事，但卻忘了道理，也忘了你。

這次要教你如何讓聽眾永生難忘，靠的就是這招——「體驗法」。

把魔術師的手法學起來

你看過魔術嗎？如果要你講出一個印象深刻的魔術，那會是什麼呢？

「魔術師從帽子變出鴿子。」哦！你說的是手法魔術；「魔術師被鋸成兩半，卻毫髮無傷。」嗯，這是逃脫魔術；「魔術師把自由女神變不見。」啊！你說的是大衛考柏菲成名的經典魔術。

好，請你想想，為什麼你對這些魔術永生難忘呢？很簡單，因為魔術師帶給你一種「體驗衝擊」，讓不可能的事情成真了。

同樣的道理，你也可以把「體驗法」加入故事，讓故事變得更有聲光效果。

怎麼做呢？方法就是：

「傳達想法」+「特殊道具」+「感官衝擊」+「植入想法」

我們先來看看以下這個例子。

在一九八〇年代，美國和蘇聯為了打敗對方，不斷發展核子武器，好像隨時就會開戰。演說家傑夫・恩斯科，為了讓大家明白戰爭爆發是多麼恐怖的事情，他使出「體驗法」這一招。

他拿出一個金屬水桶，接著從口袋拿出一顆BB槍的塑膠子彈，丟到水桶裡，水通發出「噹」的一聲。恩斯科告訴大家：「這是那顆廣島原子彈。」接著，恩斯科往桶子丟下十顆子彈，桶子發出「噹啷噹啷」的聲響，恩斯科解釋：「這是一艘美國或蘇聯核子潛艇上的飛彈火力。」

最後，他請所有聽眾把眼睛閉上，然後告訴他們：「這是全世界目前所有核子武器的總和。」緊接著，他把五千顆子彈全部倒進桶子裡：「噹啷噹啷噹啷……」桶子發出巨大的聲響，持續不斷，聽來駭人，直到最後一顆子彈用盡，聲音才平息。

恩斯科告訴聽眾：「就如你們聽到的，爆炸聲持續不斷，最後世界歸於死寂。」

恩斯科只靠金屬水桶和ＢＢ槍子彈，就讓所有人體驗到戰爭爆發的可怕。

當你想講的主題越嚴肅，就越要用「體驗法」來調味。

來，我出個題目讓你練習一下：由於非洲衛生環境不好，蚊子孳生，很多人被蚊子叮咬感染瘧疾，你要怎麼讓大家正視這個問題呢？

很難對吧！你可以提出數據顯示有多少人死於瘧疾，也可以講一個非洲孩子的故事來打動聽眾，可是，要怎麼讓聽眾「感同身受」呢？來，我給你請來一個大來賓：比爾蓋茲，由他示範一下怎麼使用「體驗法」。

第一步「傳達想法」，比爾蓋茲先告訴聽眾：「瘧疾每年奪走數百萬的人命，在瘧疾流行的區域，經濟是沒有辦法發展的，因為它帶來太多阻礙了。」

第二步「特殊道具」，比爾蓋茲拿出一個容器，裡面飛滿蚊子。

接著，重頭戲來咯！

比爾蓋茲的第三步是「感官衝擊」，來看看他怎麼做：

「瘧疾是透過蚊子傳播的，今天我帶來一些蚊子，我要讓牠們在禮堂到處飛，沒道理只有窮人才要忍受這種生活。」他一邊說，一邊把桌上的容器打開，蚊子瞬間飛了出來。

這招太厲害了！當你告訴大家瘧疾很可怕，大家能理解，但不能同理；可是當你把蚊子放出來，即使蚊子沒有帶原，大家也會瞬間感受到瘧疾離自己很近，這就是「製造體驗」。

最後，第四步是「植入想法」，比爾蓋茲告訴大家：「全世界最危險的動物是蚊子，因為蚊子一年能造成七十二萬人死亡。請大家加入驅蚊的行列，一起幫助衛生環境落後的國家吧！」

相當精采，對吧！請你趕快把「體驗法」學起來，聽眾也許不記得你說過什麼，但他們會永遠記得，你在他生命中，曾經創造這麼一個「魔幻時刻」。

「情感」與「五感」的華爾滋

【感官法】拜託，讓我走進你的故事

恭喜你，看了這麼多說故事方法，你已經差不多把說故事的技術都學齊了。但不知道你有沒有發現，故事講是講了，但是聽眾好像跟你隔了一扇窗，你說輸掉比賽心情很難過，結果卻發現聽眾無動於衷。

其實，不是他們冷漠，而是你缺少說故事最重要的一環，那就是「畫面感」。怎麼做？靠的就是「感官法」。

一支扭轉判決的牙刷

有個故事是這樣的：一位母親在法庭上，想要爭取孩子的監護權，必須說服陪審團她是一位好母親。她原本的說法是：「每天，在兒子睡覺前，我都會看著他刷牙。」有用，但是效果有限。後來，人家建議她換另一種方式來說，於是這位母親改成這樣說：「每天，在兒子睡覺前，我都會看著他用《星際大戰》裡的黑武士牙刷刷牙。」

你知道嗎？後面這個說法竟然贏得了更多陪審團成員的信任。

這兩個說法差在哪裡呢？答案是「黑武士牙刷」。難道黑武士牙刷那麼厲害？不，厲害的不是黑武士牙刷，而是這個畫面細節讓故事更具象真實了。因為這讓陪審團能夠更具體的想像，一位母親陪孩子刷牙的畫面。

最動人的故事，往往是能讓聽眾想像畫面，而這仰賴的方法就是「感官法」：

情感（喜怒哀樂）＋五感（視聽嗅味觸）

先想想你的故事用到了哪些情感，在情感最豐沛的地方，加上五感來描述當時的畫面以及感受。

舉例來說，你說輸掉球賽讓你很難過，那請你回想一下，比賽輸掉時，你看到什麼？聽到什麼？感覺到了什麼？

運用「感官法」，你可以這樣說：

「對我而言，這是最重要的一場籃球賽。比賽只剩五秒，我們還落後一分，球在我手上，我擺脫對手防守，把球投出。我看著球在空中劃下一道弧線（**視覺**），全場觀眾都屏息以待。『鏗！』的一聲，球打到籃框上（**聽覺**），彈了出來。『啊！』『好可惜！』觀眾嘆息聲此起彼落，我彷彿聞到空氣裡遺憾的氣息（**嗅覺**）。」

這樣是不是更動人呢？

重新把你的故事拿出來吧！這次，請你仔細看看，故事的「情感」有了嗎？故事的「五感」加了嗎？快點！故事的盛宴就要開始了，可不能缺你一個呀！

一部電影，怎麼用一句話說完？

【濃縮法】一句話說完一個故事

大多時候，我會要你多說點，因為這樣故事才完整。但其實多並不等於好，所以在某些時候，我會要你練習「一句故事」。

你一定很納悶，只有一句，是要怎麼說故事？但是你知道嗎，「濃縮法」是所有故事高手的重要修練。

你喜歡看電影嗎？像我就很喜歡看電影，因為裡頭有滿滿的故事點子啊！

但是電影上映前，電影公司可苦惱了。他們要想的是，如何把一部電影介紹到讓觀眾想看，但又不能說太多，不然劇情都講光了，誰還想進電影院看。

後來，電影公司用了「故事濃縮法」：只用一句話，就要讓觀眾「秒懂」故事在講什麼。

你來練習用一句話講完《外星人ET》吧！

先別急著往下看，給你五秒鐘。

五、四、三、二、一，時間到。好，你可以接著往下看了。

當時，電影公司是這麼介紹的：「迷路的外星人認識寂寞男孩好順利回家。」

你看，是不是一句話就說完了呢？

當然，有可愛的外星人，也會有恐怖的外星人，例如《異形》就是這樣的電影。

問題來了，你要怎麼樣跟觀眾介紹呢？電影公司是這麼介紹的：

「《異形》是在太空船上拍的《大白鯊》。」

哦哦哦！這下你是不是也懂了？大白鯊你知道，會吃人，很恐怖，而且神出鬼沒。而異形就是太空船版本的大白鯊，所以觀眾也可以想像的到，牠同樣會吃人，很恐怖，也神出鬼沒。

瞧！這就是故事濃縮法的威力！

只要這樣做，你也能成為故事濃縮高手

你聽過海明威嗎？沒錯，就是寫下《老人與海》的知名小說家。

有一次，朋友跟他打賭，能不能用六個英文單字，說完一個故事。

在我們看來，幾乎不可能，但海明威竟然答應了。

他寫下了這個故事：「出售：嬰兒鞋，從未用過。」（**For sale: baby shoes, never used.**）

讀完後，你覺得發生了什麼事呢？

有學生回答說：「因為別人送的鞋子太小穿不下，所以賣掉了。」

很好，但是如果只是這樣，這故事很平淡哪！

另一個學生接著說：「因為他開鞋店，所以在賣嬰兒鞋。」

的確有可能，但這還是無法打動我們哪！

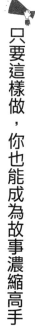

終於，有個學生好奇的問：「老師，是不是那個嬰兒死掉了呢？」

故事沒有標準答案，但這是我聽過最好的答案。

你可以想像整個故事畫面：一對傷心的父母，一個早夭的孩子，一雙來不及穿上的鞋子。

海明威不愧是厲害的故事高手，只用一句話就讓你落下眼淚。不過，你也可以做得到。

要說「濃縮故事」，你只需要這麼做：

第一，先想好一個故事結局。

以海明威而言，他先設定結局就是孩子死了。

你可以設定像是比賽輸了、和朋友和好、東西不見了。

第二，想想看故事裡會出現哪些東西。

以海明威而言，他可能想到孩子死了，父母看著孩子的東西很傷心，像是鞋子、衣服、玩具。

第三，用「動詞」和「名詞」組裝畫面。

故事要讓人有感覺，就不能說得太明顯，如果海明威說的是：「孩子死了，父母很傷心。」那你不會覺得他厲害。所以，故事濃縮的關鍵就是用「動詞」和「名詞」組裝結局畫面。出售是動詞，嬰兒鞋是名詞，當你想通為什麼要出售嬰兒鞋時，你就會被這故事給震撼了。

最後，分享幾個經典的「濃縮故事」，請你試著想想看發生，這幾句話想要表達怎樣的故事。

今天我又一次向媽媽介紹了自己。

（媽媽得了阿茲海默症，兒女照顧媽媽，每天重新自我介紹。）

對不起，大兵。我們只賣成雙的鞋子。

（大兵為了保衛國家去打仗，不幸斷了一隻腳，但鞋店沒辦法只賣一隻鞋給他。）

離開的是爸爸，回來的是一面國旗。

（爸爸為國家打仗，不幸戰死，政府用一面國旗為爸爸哀悼。）

把故事說得長，是實力；但是讓故事短到只剩下一句話，是功力！

史上最短的隱喻故事

【隱喻法】最厲害的故事魔術

你有過說服別人的經驗嗎？結果是不是你講了很多的人生道理，對方卻一點也聽不進去。

你有過安慰朋友的經驗嗎？會不會你很想說些什麼安慰的話，到頭來卻只說了句：「別想太多。」

其實，你只需要講個隱喻故事，問題就解決了。

什麼是隱喻呢？就是將真正想傳遞的想法，透過隱微的比喻，讓對方不知不覺間接受。你也許會想：有這麼神奇嗎？讓我說個故事，你就明白了。

在戰國時代，齊國的宰相田嬰，因為跟齊威王處得不好，決定在自己的封地蓋城牆。可是，做為齊威王的臣子，這樣做，擺明就是要跟齊威王作對呀！田嬰身邊的人很擔心，想盡辦法勸田嬰別這麼做。但是不管怎麼勸，田嬰都堅持要蓋城牆。

這時，有個厲害的謀士走到田嬰面前，只對他說了三個字：「海大魚。」說完，掉頭就走。

這下換田嬰好奇啦！連忙叫住謀士，問他「海大魚」到底是什麼意思？

謀士這才好整以暇的說：「大人，從前海裡有一隻大魚，魚網套不住牠，魚鉤也奈何不了牠。但有一天，牠被沖上了岸，失去賴以為生的大海，連螞蟻都可以欺負牠。」田嬰瞬間明白了，立刻打消蓋城牆的念頭。

謀士只用三個字，竟然就說服田嬰。到底是怎麼回事呢？

用隱喻故事，解別人的困局

我們來看看這故事的對應關係。

大魚指的就是田嬰，海水指的就是齊國，謀士要告訴田嬰的是：「你有權有勢，全是因為齊國做你的後盾。如果你蓋了城牆，跟齊威王鬧翻了，之後你在齊國還過得下去嗎？」

這就是隱喻的魔術，用故事包裝道理，再偷偷放進別人的心裡。

要怎麼練習隱喻故事呢？

一、找一個別人遇到的困境

你可以問身邊朋友，有沒有遇到什麼困難，如果有，請他們告訴你發生了什麼事。然後，試著以對方的難題，設計一個隱喻故事，再說給朋友聽。

二、把事件中的對象擬物化

隱喻的關鍵，就是把現實中的人，變成動物或植物。像是謀士不說哪個國家的誰得罪君王下場悽慘，而是說海大魚。就是要讓對方放下戒心，進入故事。

三、將對象的言行做連結

接著，你要把對象在現實生活的言行，和故事角色的言行相互連結。不能夠太明顯，如果謀士說有隻猴子在森林裡蓋樹屋，跟猴王作對，那就不行。

四、把想法偷渡到故事

最後，把你想給對方的建議，變成故事的情節，帶向結局。這時，對方就會從故事裡，發現自己的影子，接著重新思考自己該怎麼做才會更適合。

現學現用

不快樂的河馬

我有個朋友叫阿茂。他有個困擾，就是朋友常跟他借錢，他不好意思不借，但借了又影響自己的生活。問我怎麼辦？我只跟他說了個隱喻故事：

從前有隻河馬，大多時間，河馬覺得很快樂。偶爾，他會覺得身體很癢，原來身上有些小蟲子在叮他。

有天，飛來一隻白鷺鷥，他告訴河馬：「河馬兄，你身上有小蟲，我來幫你把他們處理掉吧！」河馬一聽，開心的不得了，連聲道謝，並成為朋友。

直到有一天，白鷺鷥說，因為老婆生孩子了，小白鷺鷥需要食物，但他捕不到這麼多。

白鷺鷥接著說：「河馬兄，能幫我找到出更多蟲子嗎？」河馬一口答應。

河馬讓自己在泥巴裡打滾，弄得髒兮兮的。就這樣，河馬的身體成了小蟲的別墅。幾天後，白鷺鷥飛來，看見河馬身上滿滿的蟲子，開心的把小蟲帶回去了。能幫朋友的忙，河馬也很開心。

只是，每隔一陣子，白鷺鷥就有新的需求請河馬幫忙。先是要祭拜河神，需要大量蟲子；又是女兒要出嫁，嫁妝要上等蟲子。有義氣的河馬都答應了，只是泡在水裡的時間越來越少，身體越來越髒，還長了瘡。河馬突然發現，滿足了白鷺鷥，但自己卻比以前更不快樂了。

阿茂聽完，若有所思，然後笑著跟我道謝。我相信他知道該怎麼做了。

你看，我沒講大道理，我只是變了個故事魔術，然後等待奇蹟發生。

把故事變成絲絲入扣的龍鬚糖

【伏筆法】我種下因果，等驚奇開花

三流的講者靠說理；二流的講者靠敘述；一流的講者靠伏筆。

「伏筆」是一種說故事的高階技巧。伏筆就像是魔術師，明明表演開始前，他捲起袖子，張開雙手，讓你仔細檢查。但下一秒，他的手中竟然變出了一朵玫瑰，讓你驚奇不已。

什麼是伏筆？簡單來說，就是把故事的「因果關係」拉成「龍鬚糖」。先讓你嘗了不起眼的「因」，等你最後吃出「果」的美味，才發現，原來你早就吃過龍鬚糖了。換句話說，伏筆可以說是一種「設計過的因果關係」。

《靈異第六感》是我小時候看過的一部電影，直到現在都還記得。故事講述心理醫生麥爾康，總是助人走出困境，有一天，有個治療失敗的患者，闖入麥爾康家中，先對他開槍，然後在他面前舉槍自盡。麥爾康對此一直很自責，直到遇到另一位患者柯爾，他決定要全力幫助這個男孩。

麥爾康發現，柯爾的問題來自於他有陰陽眼，飽受鬼魂困擾。於是麥爾康花了大量時間開導柯爾，甚至忙到連太太都冷落自己。終於，在麥爾康的努力下，男孩慢慢走出陰霾，接受自己擁有陰陽眼的事實。

接著，重點來了。男孩最後告訴麥爾康一個驚人的真相：原來，麥爾康其實是鬼魂！

你說：「這太扯了，怎麼可能？」

不！整個故事都不斷在暗示你。首先，患者曾對麥爾康開槍，所以他那時就已經死了；再來，小男孩看得見鬼，所以看得見他；最後，並不是太太冷落麥爾康，而是太太看不見他。

這個故事是不是很震撼呢？這就是伏筆的威力。

那麼，要怎麼設計伏筆呢？

一、讓「線索」在故事一開始就出現

很多人說故事，怕觀眾聽到線索就猜出結局，所以東躲西藏，不敢講線索。其實，這是錯的。你必須一開始就把線索講出來，才能讓觀眾有足夠的時間淡忘。

二、利用「誤導」或「延遲」帶聽眾繞路

「伏筆法」的關鍵就在這裡。故事因果本來是直路，但你用伏筆把它變成了彎路，帶著聽眾繞。怎麼繞？方法有兩種：誤導和延遲。

「誤導」指的是你讓聽眾曲解前面的線索，例如麥爾康以為是太太冷落了他；「延遲」指的是你擱置線索，繼續講故事，讓聽眾慢慢淡忘線索。

三、引爆「結局」，回溯伏筆

伏筆法的結局，通常是聽眾以為是A，但你卻給他B。他們在吃驚之餘，才發現其實前面已經不斷暗示結局是B，是自己誤以為是A。

因此，善用「伏筆法」，不僅讓故事有高潮迭起，也讓聽眾掉進你設計的因果關係裡。

如此一來，你的故事就會令人印象深刻。

現學現用

劉軒的「勇者敢言」

「伏筆法」有多厲害？知名演說家、作家劉軒，就曾用這招贏得演說冠軍。

那時，比賽主題是「勇者敢言」，劉軒是這麼說故事的：

「那年，我念大學，在學生餐廳有個賣壽司的叔叔，他沒賣完的壽司都會放在冷藏櫃裡。當時，一個朋友就跟我說，那是壽司叔叔賣不完的壽司，可以去拿來吃。我很疑惑，就問他：『壽司叔叔有說能拿嗎？』我朋友說：『他是沒說，不過賣不完，我們不拿不就浪費了嗎？』我覺得有道理。

有次，我趁著四下無人，跑去拿冷藏櫃裡的壽司，結果被警衛抓到了。他打電話給壽司叔叔，並把話筒交給我，要我自己跟壽司叔叔解釋。

壽司叔叔問我：『你有沒有要偷我的壽司？』我承認說：『有，因為肚子實在太餓。對不起，我錯了。』壽司叔叔告訴我說，那些沒賣完的壽司，其實是要拿去送給流浪漢的，我才恍然大悟。但壽司叔叔決定原諒我，因為我坦承認錯。

十多年後，有天，我在網路上看到一則新聞，我有個大學同學，因為在公司作假帳，被捕了。他就是當年叫我去偷壽司的那位同學。」

你注意到了嗎？劉軒先拋出「線索」，就是那位「同學」；再利用「延遲」

擱置同學，講自己被抓的故事；最後再回過頭來，引爆「同學被捕」的結局。

現在就去試試「伏筆法」吧！

你儘管種下因果，然後靜靜的，等待驚奇開花。

故事的最高指導原則

【衝突法】點燃引線，讓故事刻骨銘心

現實生活中，我會鼓勵你與人為善，不要跟人起衝突。但是，在故事的世界中，我會告訴你：「衝突、衝突、還是衝突。」

沒有衝突的故事，就像是平靜的水面，泛不起一點漣漪、激不起一些浪花，當然也留不住聽眾。

我認識一位知名編劇叫許榮哲，他開班教編劇課。

這天，是他的第一堂編劇課。他講課講到一半，突然從外面衝進來一個男子，對著其中一名女學員破口大罵：「某某某，你給我出來，我要你解釋清楚，為什麼背著我愛上別人？」女學員不管怎麼解釋，男子都不接受，還越來越激動。現場學員都嚇呆了，有人出面幫忙緩頰、有人準備要打電話報警……

這時，老師喊了一聲：「卡！非常好。」

原來，這兩個吵架的男女，是上演一齣「分手戲」的演員。最後，老師告訴學員：「記住，第一堂編劇課，我要告訴你們的是，故事如果濃縮成兩個字，那就是：衝突！」所有學員恍然大悟。

當然，我們說故事，不見得會有這麼戲劇化的衝突。但是，你要留意的是：「我的故事裡有沒有衝突？」

要怎麼製造衝突呢？不妨先試試這兩條「衝突引線」。

第一種衝突引線：目標與條件

這條引線的關鍵是：「你的目標很大，但是條件很差。」目標和條件之間造成衝突，故事就誕生了。

你可以想這三個問題：

你的目標是什麼？你的條件如何？怎麼克服條件限制？

舉例來說，當今最出色的足球選手梅西，五歲就開始練足球了。可是，他在十一歲時，被診斷出患有「侏儒症」，等於對他的足球夢宣判死刑。但梅西和他的家人並沒有因此放棄，他們發現，這症狀是可以治療的，只是每個月需要花九百美元來注射生長激素。於是，他們走遍各地尋求協助，梅西也用他的努力和球技證明自己值得。

最後，西班牙的巴塞隆納球團看中了梅西，願意花錢幫助梅西治療，並栽培梅西。梅西非常感謝巴塞隆納球團，決心為這支球隊效力。至今，梅西都是巴塞隆納隊的王牌巨星，為球隊贏得無數比賽。

第二種衝突引線：渴望與期待

這條衝突引線的關鍵是：「你渴望這樣，但別人期待那樣。」你的渴望與別人的期待發生衝突，故事就出來了。

你可以想這三個問題：

別人期待我成為？我真正的渴望是？我如何突圍而出？

同樣的，我再說個故事給你聽。

相信你一定知道影星桂綸鎂，她不只演技精湛，也非常有氣質。但是你知道她拍第一部電影時發生的故事嗎？

在高二那年，桂綸鎂跟朋友逛街時，被易智言導演相中，邀請她演出電影《藍色大門》。桂綸鎂非常開心，演戲一直是她心中的渴望。於是，回到家後，桂綸鎂興奮的把這件事告訴爸爸，因為爸爸一向最疼愛她，所以她迫不急待的想把這好消息分享給爸爸。

讓她錯愕的是，向來脾氣最好的爸爸，竟然堅持反對，甚至拍桌大罵。原來，對爸爸而言，演員是一條不歸路。他期待桂綸鎂未來能找個好工作，像是外交官、或是主播。演員，絕不在他爸的好工作名單內。

面對爸爸的盛怒，桂綸鎂展現超乎尋常的冷靜，她告訴爸爸：「我不是要當什麼明星，只是想在十七歲的暑假，為自己留下一個美好的回憶。」爸爸從未看過女兒如此堅定的眼神。那一刻，他被打動了。

後來的結果你知道了，桂綸鎂成為《藍色大門》的女主角，這部電影一炮而紅，桂綸鎂也成為電影界的新寵兒。

在她主演電影《不能說的祕密》的首映會上，來了名意想不到的來賓，是她的爸爸。他看完女兒演的電影，紅著眼眶，抱住桂綸鎂說：「爸爸以你為榮！」桂綸鎂用渴望戰勝了爸爸的期待。

基本上，你只要用前面這兩種衝突，你說的故事就能有八十分了。但是，如果你的目標是一百分，只會那兩招是不夠的。接下來，我來告訴你衝突法的「進階版」，讓你一開口就吸睛。

第三種衝突引線：身分與特質

在解釋這個技巧之前，先跟你分享一段我很喜歡的話：

「觀眾愛看的是：事物危險的邊緣

一、誠實的小偷

二、軟心腸的刺客

三、疑懼天道的無神論者」

這段話出自於小說家格雷的墓誌銘。

請你務必把這段話牢牢記住，因為裡頭藏著故事的玄機。

什麼樣的故事會有趣？就是超乎聽眾期待的新鮮事。那怎麼樣可以超乎聽眾期待呢？就是讓角色的「身分」與「特質」背道而馳。

我們都知道不能當小偷，也知道偷東西代表品行不好，可是，如果今天這個小偷本性是誠實或善良的呢？你是不是會對這個小偷感到一點好奇呢？

事實上，很多電影都會用這種方式來說故事，像是迪士尼的動畫《阿拉丁》。

主角阿拉丁是個遊手好閒的小混混，電影一開始，他因為肚子餓，就偷了店家的麵包，因此被宮廷警衛追著跑。

阿拉丁跑啊、跑啊，躲進了一個巷子，好不容易擺脫警衛。正當他準備咬下第一口麵包時，突然，他看見了兩個餓到渾身發抖的孩子。這時，阿拉丁便把麵包給了這兩個孩子。

好的，看到這裡，你對阿拉丁的感覺如何？是不是從原先的不以為然，變成有一點點好感呢？這就是「身分與特質」所造成的故事衝突，讓你擺脫對角色身分的偏見，進一步看見角色的溫柔內在。

第四種衝突引線：世俗與信念

世界上有兩種人，一種是困於現在的人，一種是看見未來的人。這兩種人的價值觀衝突，就成為故事最動人的所在。

亨利・福特曾說過一句話：「如果我當年去問人們要什麼？他們會回答我：一匹更快的馬。」

亨利・福特是誰？他是福特汽車公司的創辦人，是讓汽車正式取代馬車的第一人。

在十九世紀末，人們都還是以馬車做為交通工具，世俗認定：馬，跑得越快越好。但亨利・福特的信念是：汽車，才是人類的未來。於是他瘋狂投入汽車的研究，後來成立底特律汽車公司，開始生產汽車。結果，才生產了二十五輛汽車就宣告破產。因為，汽車的生產成本實在太高。

可是亨利‧福特沒有放棄他眼中的未來。一九一三年，亨利‧福特開創了「汽車流水裝配線」，讓汽車可以快速、大量生產，還能大幅降低生產成本。他用機械化和自動化打開了汽車的未來。從此以後，人們不再用馬車代步，而是汽車。

文明之所以能演進，是因為有人看見了未來。但是不要忘記，那些看見未來的人，在當時卻被世俗視為瘋子。所謂的信念，就是你深信不疑的理念。

就算說出來會被別人笑，你也毫不退縮。而這，就是衝突故事的最高境界了。

現學現用

綺綺的「恐龍綺想世界」

現在，就讓我們運用「衝突法」來說個故事吧！

有個女孩名叫綺綺，一出生就患有先天性心臟病。**（身分）**爸媽不願意放棄她，讓她接受手術治療。對一般的孩子而言，童年是遊樂園；但對綺綺而言，童年是手術臺。在短短的幾年間，綺綺接受過四次心臟手術。

她大可怨天尤人，消極度日。但是你知道嗎？她沒有。五歲那年，在第二次動手術前，綺綺還安慰媽媽：「我一定可以的，我會像恐龍一樣勇敢。」儘管，她害怕的哭了，但在父母面前，她比誰都堅強。**（特質）**恐龍是綺綺的最愛，她常常畫各種造型的恐龍，因為她希望自己跟恐龍一樣勇敢。

可是，綺綺在十歲那年動了第五次手術，從此再也沒有醒來了。

綺綺的故事感動了許多人，在大家的幫助下，把她生前的畫作，變成Line貼圖，名叫「綺綺的恐龍綺想世界」，獲得網友的熱烈迴響。綺綺父母也決定，將貼圖販售所得，捐給兒童心臟病基金會，讓這個感人的故事，激勵更多患者。

也許，在我們的生命，不見得會遇到衝突的抉擇。但是，相信我，當你看懂了衝突，你同時也擁有了故事。

大家都聽過的佳句，不如不講

【金句法】大棒出擊，打出漂亮全壘打

不管是演說或是寫作，你一定知道要用名言佳句，但老生常談的佳句，並不會讓人留下印象，你需要的是，把佳句重新包裝，變成閃亮亮的金句。

有次，我參加一場讀書會，主持人要求每個人自我介紹。於是，現場三十多人開始介紹自己。你想想，那麼多人上去講，根本記不住誰講過什麼。可是，我一講完，大家卻對我印象最深刻。為什麼呢？因為我用了「姓名法」＋「金句法」。

「姓名法」先前已經介紹過了，這邊我只提「金句法」。

我當時是這麼說的：

「很開心參加這次讀書會，最後有句話，我想送給大家：『你讀過的書，記得的都變知識，不記得的都變氣質。』」

我還記得，當我講完這句話時，全場發出「哦」的聲音，顯然這句話打中他們的心。但說穿了，也就是引用「腹有詩書氣自華」這句話。但因為我換了個說法時，反而能讓聽眾印象深刻。所謂的金句，就是「新瓶裝舊酒」，道理是舊的，但說法是新的。

如何自造金句？

到底要怎麼樣才能不落俗套，講出動人的金句呢？試試這招「格言換裝法」吧！

一、找故事，放格言

首先，請你先挑一個故事，並用格言點出故事寓意。

例如，「賣油翁」的故事中，神箭手百發百中，旁人稱讚不已，但賣油翁面不改色。神箭手很納悶，於是賣油翁舀了一匙油，然後在瓶口放了一枚銅錢，接著持油倒下，油穿過銅錢孔，卻完全沒沾到銅錢。賣油翁的絕技令神箭手驚呆了！但賣油翁只是平靜的說：「這跟你射箭一樣，不過是熟能生巧罷了。」

好的，所以這個故事的寓意，就是「熟能生巧」。

二、用「有感詞庫」換裝

接著，我要給你一組詞庫，請你用裡面的詞，組出同樣代表「熟能生巧」的句子，可任意增減字詞。來，有感詞庫如下：

「永遠、最後、快樂、溫柔、傷心、瘋狂、燦爛、遺憾、寂寞、大聲、世界、吻、人生、愛情、眼淚、生命、腰、自由、天使、時間、想要、回憶、不怕、決定、相信、期待、等待、擁抱、離開、依賴。」

我們來看看能組出什麼句子吧！

像是這一句「你願花多少時間，決定你有多燦爛。」用了詞庫裡的「時間」和「燦爛」，同時也有「熟能生巧」的含意。

你也可以這麼說：「為專業瘋狂過，才有資格大聲。」用了詞庫裡的「瘋狂」和「大聲」，也同樣能把賣油翁「熟能生巧」的自信表露無遺。

神奇吧！為什麼只是換幾個詞，就會帶來完全不一樣的震撼感？

祕密就是這個「有感詞庫」。

這個「有感詞庫」從哪裡來的呢？答案是從知名樂團「五月天」的歌詞。

五月天的歌曲總是激勵人心，後來有人做了分析，統計五月天所有的歌曲，發現歌曲中最常出現的詞就是上面「有感詞庫」的那三十個詞，包含形容詞、動詞、名詞。

所以，當我們把這些特別容易讓人有共鳴的詞，為我們的格言換裝，自然就能產生媲美金曲的金句啦！

最後，我們來練習幾個句子試試吧！

失敗為成功之母

遺憾不過是為下一次燦爛做準備。（參考答案）

（換你試試）

不經一番寒徹骨，焉得梅花撲鼻香

沒有眼淚，就沒有這世界的溫柔擁抱。（參考答案）

（換你試試）

你已經會說好故事了，但要讓聽眾刻骨銘心，記得留下一句會讓他們驚呼的重棒金句。

展現故事魅力，
讓演說扣人心弦！

不怕一上臺就語無倫次

運用三數魔法

你一定有個困擾，每次上臺說話時，都會語無倫次。明明腦內的想法很多，但不知怎麼回事，只要一開口，就開始會東拉西扯。最後到底想講什麼，連自己都不大清楚。

別擔心，只要你學會「三數法」，就能讓你一開口，有條有理。

三數法的四大絕招

先問你一個問題，你聽過的故事中，有沒有跟「三」這個數字有關的。當然有！像是「三隻小豬」、「三劍客」、「三顧茅廬」、「桃園三結義」……。你有沒有想過，為什麼剛好都是三個呢？

答案是：三是最神奇的魔法數字。

根據研究，人的心智在短時間內只能消化三個單位。比如說我給你九個數字：936724815，要你馬上背出來，這很難對吧！但如果把它分成三個數字一組，就會變成936、724、815，是不是就容易記起來了呢？

要運用「三數法」，你必須先知道「三數法」有哪些方式。在表達中，「三數法」有以下這幾種形式：

時序式：過去、現在、未來

最簡單的三數法就是「時序式」，把時間分成過去、現在、未來三個部分。

這樣不管是介紹自己，還是說別人的故事，都會非常有結構。來！試著練習用「時序式」自我介紹看看。

「大家好，我是宥銘。小時候，媽媽常講故事給我聽，也養成我閱讀的習慣。（**過去**）現在，我每天都會寫日記，把生活發生的故事記錄下來。（**現在**）將來，我想要成為一位作家，用文字把更多感動分享給讀者。（**未來**）」

條列式：第一點、第二點、第三點

如果要你表達對某件事情的看法，這時候就適合用「條列式」，把你的看法分成三點來談。因為只說一點或兩點，立論不夠強；四點以上又太多，人家記不住；三點會是最適合的方式。

例如：「請問如何妥善運用時間？」

你可以用「條列式」這麼說：「關於運用時間，我有以下三點看法。第一點，列出一份事情清單，確認有哪些事情要完成。第二點，重要的事情先做，避免重要的事一延再延。第三點，減少滑手機和上網的時間，避免一不注意，時間就浪費掉了。」

步驟式：首先、其次、最後

如果你要談的內容是有步驟的，那麼你就得用「步驟式」，把你的方法用三個步驟講完，這樣就不會讓人覺得太複雜，而且做得到。「步驟式」的口訣是：首先、其次、最後。

舉個例子，有次我在畢業典禮上要對畢業生說一段話時，就用了「步驟式」。

「各位同學，其實你知道嗎？人生要成功一點也不難，就三個步驟：首先，因為我想要；其次，然後我去做；最後，因此我成為。

曾經，有五個大男孩，他們想唱歌給全世界聽，所以他們不斷作詞、作曲、練唱，累積表演的經驗，從小型演唱會慢慢到萬人演唱會。最後，他們成為你們耳熟能詳的五月天。」

層次式：低、中、高

層次式是一個非常厲害的技巧，很多故事都會這麼做。你先講一個比較差的、再講一個好一點的、把最好的放在最後講。這樣就會有一種對比性，聽眾自然印象深刻。

舉一個我非常喜歡的故事：

「有一個人走在路上，看見一個工人在砌磚，他跑去問他：『你在做什麼？』這位工人回他：『你沒看到嗎？我在砌磚。』

這人繼續往前走，遇到第二個工人，他問了同樣的問題，工人回答：『我在蓋一面牆』。

這人繼續往前走，遇到第三個工人，他又問了同樣的問題。這回，第三個工人回答他：『我在建一座最偉大的教堂』。」

注意到了嗎？這個故事告訴我們什麼道理？

三個工人其實是在做同一件事，卻有三種不同的態度。

第一個工人只是「為做而做」，但第三個工人卻看到了願景。所以，當你有願景，你就會更有動力完成眼前的任務。

記住，「三」是表達的魔法數字，它讓你的表達有結構，別人聽得懂，也記得住。更重要的，從此你再也不用擔心語無倫次，因為你已經學會最強的表達魔法。

不會一開口就不知所云

使用六色帽法

想像一個情境，大家討論園遊會要擺設什麼攤位，七嘴八舌。有的人說賣乾冰汽水好，有的人說賣炒泡麵好，有的人又說玩套圈圈好。這時，有人問你：「你覺得呢？」

「我……」你是不是有點不知所措？

通常，我們不知該講什麼，有兩種可能，一種是沒想法；一種是太多想法，不知該從何講起。

所以，準備說故事前，你需要一套架構，幫助你思考、表達。就像是棒球投手，投球時都會預設一個好球帶，把球投進去就是好球！

那麼，表達的好球帶是什麼呢？答案就是：「六色思考帽」。

我相信，只要學會「六色帽法」，你就能頭頭是道。

六色帽法：把你的想法上色

「六色思考帽」是由愛德華・狄波諾所設計，最初是用來幫助公司團隊換位思考、溝通合作。後來我發現，若把六色思考帽轉換成表達架構，威力加倍呀！

到底什麼是「六色帽法」呢？簡單來說，就是把想法分成六種顏色，每一種顏色都代表一種思考面向，幫助你聚焦想法。

我們先來定個主題吧！

好，主題就是：「你覺得哆啦A夢是大雄的益友還是損友？」

白色帽：白色帽代表中立客觀，靠的是陳述事實、給予定義以及數據證明。

因此，戴上白色帽你會這麼說：

「哆啦A夢是藤子・F・不二雄的漫畫作品，故事講述從未來世界來的機器貓哆啦A夢，幫助大雄的故事。每當大雄遇到困難，哆啦A夢都會拿出道具幫他解圍。」

黑色帽：黑色帽代表反面思考，靠的是謹慎態度、提出缺點以及點出問題。

因此，戴上黑色帽你會這麼說：

「雖然，哆啦A夢拿出道具是為了幫助大雄。可是你有沒有發現，久而久之，大雄就養成依賴的習慣了。上學繼續遲到，因為反正有竹蜻蜓；不認真念書，反正有記憶吐司。真正的好友不是無條件滿足對方，而是跟對方說真話。」

黃色帽：黃色帽代表積極正面，靠的是分析好處、提供價值以及強調利益。

因此，戴上黃色帽你會這麼說：

「不過，本來沒有自信的大雄，卻因為哆啦A夢的出現而找回自信。因為他知道，當他被胖虎欺負的時候，哆啦A夢會聽他訴苦、幫他想辦法。當他數學不會時，哆啦A夢拿出道具來幫助他。他再也不會感到無助。」

紅色帽：紅色帽代表情緒感覺，靠的是抒發情感、直覺反應以及既有印象。

因此，戴上紅色帽你可以這麼說：

「我很喜歡哆啦A夢，也很渴望有這樣的朋友。因為我覺得他很夠義氣，當我遇到困難，他絕對不會離我而去，而會想辦法幫助我。所以我認為哆啦A夢是益友。」

綠色帽：綠色帽代表創意巧思，靠的是創造驚奇、顛覆想法以及多元探索。

因此，戴上綠色帽你可以這麼說：

「哆啦A夢的道具好像幫助了大雄，但其實是害了大雄。因為這些道具讓大雄缺乏磨練，只想走捷徑。萬一哪天哆啦A夢不在了，大雄不就比以前更慘嗎？所以哆啦A夢是損友，因為他沒幫助大雄成長。」

藍色帽：藍色帽代表統整結論，靠的是全面思考、整合意見以及做出結論。

因此，戴上藍色帽你可以這麼說：

「支持哆啦A夢是益友的人，認為他努力陪伴大雄，也用道具幫大雄找回自信；而認為哆啦A夢是損友的人，則認為他讓大雄過度依賴道具，卻沒加以制止，反而讓大雄更加懶惰。平心而論，哆啦A夢的出發點是好的，但如果他能把道具用在督促大雄成長，大雄一定會更好！」

明白六色帽之後，在不同的表達場合，我們就可以挑三頂來組合架構，讓我來舉個例子給你看。

評論型：白帽↓黑帽↓藍帽

「哆啦A夢故事講述從未來世界來的機器貓哆啦A夢，幫助大雄的故事。（**白帽**）然而我覺得，哆啦A夢的道具讓大雄養成依賴性，反而害了他。（**黑帽**）如果哆啦A夢把道具用在督促大雄成長，一定會更好。（**藍帽**）」

提案型：白帽↓綠帽↓黃帽

「這次園遊會，我提議來賣炒泡麵，因為很熱門。（**白帽**）我們來做宣傳活動，讓大家決定炒泡麵要加什麼料，增加參與性。（**綠帽**）我相信，只要我們有創意，炒泡麵一定會大受歡迎。（**黃帽**）」

有了六色帽法，我相信，從此以後，你的表達再也不漏氣！

帶你的聽眾入戲

活用八大語調

當你準備好故事，也克服了語無倫次和不知所云，為什麼一上臺說故事，聽眾竟然是呵欠連連。

「怎麼回事？是故事不夠好嗎？」你可能會納悶的問。

其實不是，是你沒有為故事量身打造專屬語調，聽眾當然也就不會入戲。

比如你要說一個「金斧頭與銀斧頭」的故事：

「樵夫的斧頭掉進河裡，非常著急，不知道該怎麼辦？這時，湖中女神出現了，她拿著一把金斧頭……」你選擇用什麼語調來表現，就決定了這個故事的成敗。

活用八大語調，帶你的聽眾入戲

說故事時有哪些語調可以用呢？在這裡，我要傳授你說故事的「八大語調」，請你跟著練習看看。

輕音

當你想表達神祕感或是感動的對話時，就要用輕音。方法就是把音量降低，並且帶點氣音。

練習：噓！這個小祕密我只告訴你呵！你可千萬不要告訴別人呵！

重音

當你想表現憤怒、激昂時，就要用重音。重音訣竅在於加大音量，並且強化頓點。

練習：張飛大喝一聲：「誰敢過來？」眼睛一瞪，敵人全嚇呆了。

快音

如果人物是著急、興奮、熱情的，就請你用快音處理。方法是讓你的說話速度加快，字與字間甚至有點黏在一起。

在練習之前，先想像你是一名體育主播，正在播報足球比賽。

練習：球在梅西腳下，他立刻加速衝刺，盤球過人，起腳射門，進！

慢音

如果人物是在回憶，或是你提到故事關鍵時，就請你用慢音處理。方法是放慢說話與速度，拉長字詞之間的距離。

練習：我想起小時候，奶奶總會偷偷把糖果包在衛生紙裡，然後塞進我的口袋。

男聲

如果你是女生，要表現男生的聲音，祕訣在於壓低聲音，使用腹腔發音。

練習：我堂堂男子漢，大丈夫，怎麼可能會怕一隻小蟑螂？

女聲

如果你是男生，要表現女生的聲音，祕訣在於提高聲調，帶點鼻腔音，甚至拉尾音。

練習：討厭，就叫你不要嚇人家啦！我再也不要理你了。

老聲

若要表現年長者的聲音，方法是讓聲音變得低沉，帶點沙啞混濁的感覺。

練習：乖孫哪！你別跑那麼快，小心跌倒啦！咳！咳！咳……

童聲

若要表現小朋友的聲音，方法是讓聲音變得高亢，帶點活潑天真的感覺。

練習：哇！我最喜歡迪士尼樂園了，你看！那邊有米老鼠耶！

說故事前，要設定八大語調

在我們說故事前，我們要先把故事草稿拿出來，為每一句設定語調。語調的口訣就是：「輕、重、快、慢、男、女、老、少」，當你設定完成，就可以試著說說看，再依情況調整。

準備好了嗎？現在我給你一個故事，請你試著將「八大語調」放進去：

「韓信是漢高祖劉邦底下的將軍，後來助劉邦擊敗項羽，建立漢代。但是，你知道嗎？早年韓信出身貧窮，常常被人瞧不起。

有一次，有個屠夫看不起韓信，就跟他說：『看你身上總掛著劍，但你根本是個膽小鬼。如果你不是膽小鬼，你就用劍刺我，如果你承認自己是膽小鬼，那就從我胯下爬過去。』（**快音、男聲**）

韓信在心裡告訴自己：『我將來是要成大事的人，好漢不吃眼前虧。』（**慢音、男聲**）最後，韓信還真的從屠夫的胯下爬了過去。眾人哈哈大笑。

還有一次，韓信餓到發昏，剛好有一位在河邊洗衣服的老太太看見了，便把自己的飯分成兩半，將一半分給韓信。

韓信非常感動，對著老太太說：「謝謝您願意幫助我，將來我成功了，一定會好好報答您。」（**輕聲**）

沒想到，老太太生氣的說：「我給你飯吃，是看你可憐，不是為了得到你的報答。」（**重音、老聲**）

此後，韓信發憤圖強，最後幫助劉邦平定天下，衣錦還鄉。」

加入「八大語調」，是不是講故事的感覺就完全不一樣了呢？沒錯，說故事的訣竅就在於讓聽眾感受角色的切換，而「語調力」，就是讓聽眾入戲的關鍵開關。

按下去，故事也就亮起來了！

國家圖書館出版品預行編目資料

故事學：學校沒教，你也要會的表達力
/歐陽立中著. -- 一版.
-- 臺北市：國語日報, 2019. 10　面；　公分
ISBN 978-957-751-839-2(平裝)

1.說故事

811.9　　108013675

故事學：學校沒教，你也要會的表達力

作　　者／歐陽立中
封面繪圖／J.HO（胖古人）

董事長兼社長／蔣竹君
出版中心副主任／章嘉凌
專欄企畫／王秀蘭
行銷組組長／華韻雯
責任編輯／王藝蓁
美術編輯／高玉菁
校　　對／許庭瑋

出 版 者／財團法人國語日報社
地　　址／臺北市福州街2號
訂購電話／（02）23921133轉1888
劃撥帳號／00007595（戶名：國語日報社）
網路書局／www.mdnkids.com/ebook
書店門市／臺北市福州街2號1樓
門市專線／（02）23921133轉1108
Facebook／國語日報好書世界
製版印刷／亞特彩藝股份有限公司
定　　價／新臺幣280元
出版日期／2019年10月一版　2019年12月一版五刷